中國語言文字研究輯刊

四 編

許錟輝 主編

第14冊

《四聲等子》音系蠡測

竺家寧 著

花木蘭文化出版社

國家圖書館出版品預行編目資料

《四聲等子》音系蠡測／竺家寧 著 — 初版 — 新北市：花木
蘭文化出版社，2013〔民 102〕
目 2+142 面；21×29.7 公分
（中國語言文字研究輯刊　四編；第 14 冊）
ISBN：978-986-322-223-1（精裝）
1. 漢語　2. 聲韻學
802.08　　　　　　　　　　　　　　　　102002768

ISBN-978-986-322-223-1

9 789863 222231

中國語言文字研究輯刊
四　編　　第十四冊　　　　ISBN：978-986-322-223-1

《四聲等子》音系蠡測

作　　者　竺家寧
主　　編　許錟輝
總 編 輯　杜潔祥
出　　版　花木蘭文化出版社
發 行 所　花木蘭文化出版社
發 行 人　高小娟
聯絡地址　235 新北市中和區中安街七二號十三樓
　　　　　電話：02-2923-1455／傳眞：02-2923-1452
網　　址　http://www.huamulan.tw 信箱 sut81518@gmail.com
印　　刷　普羅文化出版廣告事業
初　　版　2013 年 3 月
定　　價　四編 14 冊（精裝）新台幣 32,000 元
　　　　　　　　　　　　　　　　　　　版權所有・請勿翻印

《四聲等子》音系蠡測

竺家寧　著

作者簡介

竺家寧，現任國立政治大學教授。

曾任韓國檀國大學（Dankook University, Korea）客座教授、巴黎 École des hautes études en sciences sociales（EHESS）訪問學者，維也納大學漢學系客座教授，中正大學中文系主任暨中文所所長、美國 IACL 理事（member of Executive Board, International Association of Chinese Linguistics, 2005-2007, U.S.A.）。韓國「國語教育學會」（국어교육학회 Korean Language Education Society）2007 聘為「海外學術委員」。著有《四聲等子音系蠡測》等專書二十多部。所著《古今韻會舉要的語音系統》一書，日本駒澤大學譯為日文本發行。前後在國外及大陸講學 60 多次。包含美國伊利諾大學、捷克布拉格查里大學、北京大學、清華大學、人民大學、南京大學、復旦大學、武漢大學等。2004 年獲選入「中國語言學會」評選之《中國現代語言學家傳略》。曾主講聲韻學、訓詁學、語音學、漢語語言學、詞彙學、漢語語法、佛經語言、語言風格學等課程。已故之國學大師嚴學宭先生曾撰文稱道竺家寧的古音構擬，建立了嚴格的構擬原則。並稱道竺家寧是「著述最豐的音韻學家」。

現任其他學術職務：

中華民國聲韻學會常務監事

世界華語文教育學會監事 World Chinese Language Association

國際中國語言學會會員（美國 IACL）International Association of Chinese Linguistics

國際華語教學學會會員（美國 CLTA）Chinese Language Teachers Association

提　要

等韻圖之產生約在唐代中葉，今傳最早之等韻圖為南宋紹興年間張麟之刊行之《韻鏡》及鄭樵通志中之《七音略》，其底本均出自唐人。早期韻圖以韻書之音讀為據，故可作為擬構切韻音之主要材料。

宋元間，為適合實際語音之趨於簡化，且通韻併韻之風氣日盛，因而等韻表亦改變其面目，由原有之四十三轉併為十六攝。其中以《四聲等子》為最早。另有偽託司馬光作之《切韻指掌圖》、元劉鑑之《經史正音均韻指南》。

《四聲等子》屬北宋之音韻圖表，其音韻系統既有異於切韻音，復與官話音不同，實為上承切韻音，下開官話音，承先啓後之樞紐。由此材料可考見中古韻母發生如何之省併，早期官話之系統如何逐漸形成。故《四聲等子》之研究自有其重要性在焉。

本論文的內容分為下列幾個部分。第一章：《四聲等子》研究，論述《四聲等子》之時代與作者、《四聲等子》之編排與內容、編排概況、《四聲等子》之內容、三、四等之混淆、輕重開合之問題、《四聲等子》之門法。第二章：《四聲等子》之語音系統，論述《四聲等子》聲母研究、《四聲等子》韻母音值擬測、《四聲等子》聲調研究。第三章：歷史之演變，論述從《切韻》至《四聲等子》、《四聲等子》與早期官話之關係。

本論文的撰寫完成，時間在 1972 年，目前由花木蘭文化出版社結集出版學位論文叢書，為了保存論文寫作當時的原始面目，雖然時隔四十年，沒有加以更動，這樣比較能夠看出當時思維的脈絡。

目次

第一章 《四聲等子》研究

第一節 前　言

　　人類語言之產生極其久遠，最初之語言，其眞實狀況若何，已無可考索。而語言之研究乃了解人類一切活動之基礎，不明古人之語言，則無由探知其思想、行爲及文化狀況。然語言之變化極速，生物之演化常以千萬年計，地質之演化更以億萬年計，而語音之演化非但於百年間可見其端緒，即某人一生中，其早年、晚年之語音亦絕不能一致。語言乃社會之習慣，習慣不適於生活之需要，則必生變化。某人之語言亦常受社會環境之支配，如易地而處，語言習慣亦必隨之改變。由個人語言（ideolect）之差異，代代累積，由音值之別而變爲音位系統之增減，語言乃發生分歧，方言（dialect）由是而生。時代久遠，語言之分歧更爲深遠，乃產生語系（language group）之分。今日之美、英、德、法、俄諸國，其語言雖互不相同，而其來源則同爲印歐語族（Indo-European language family），所以有今日之差異，即因時代久遠、地域殊隔之故。欲推尋古今語言變動之情況，即歷史語言學之範圍。

　　漢藏語族（Sino-Tibetan Language Family）分佈於亞洲東部，而以漢語爲主，欲明原始漢藏語之眞象及其演化，必自中國聲韻學始。故聲韻學之效用，除有助於閱讀古籍之外，而研究語言亦其一大目的。

　　傳統之聲韻、訓詁之學較偏重於字音、字義之研究，故難免因文字之束縛

而掩蓋語言之眞象；例如「輾轉」本爲一詞，而云「輾有轉之半，轉者輾之周」；「窈窕」本爲一詞，而云「美心爲窈，美色爲窕」；「狼狽」、「猶豫」亦皆一詞，而分別以動物之習性附會之。此皆受一字必具一義之觀念所影響，誤以一字即相等於語言之最小單位，而未認清文字於語言應用時所具之功能。

陳師伯元云：「古人既音在字先，造字赴音，則同一語根，自可滋生多字。」並舉具有「橫暴強梁」一義之詞如下：「畔援」、「畔換」、「跋扈」、「泮奐」、「叛換」、「伴換」、「暴橫」等；又舉具有「滯留不前」一義之詞如下：「踟躕」、「躊躇」、「跱踦」、「峙踖」、「蹢躅」等。凡此之類皆應語言而生，非能於個別字義中求其訓釋也。然則，文字與語言之關係研究爲如何？

人類語言之使用當遠在數十萬年前，而文字之萌芽不過數千年之事。最初之文字由描繪具體形象構成，近世出土之甲古文，其時代在公元前十四至十二世紀間，圖畫之規模歷歷可睹，然其書寫形式已漸趨一致，並具固定之音讀，與語言合流，成爲表示語言之工具。其後雖歷經形體之變革，而代表語言之特性，均永遠存在。

或云泰西之拼音文字方爲描寫語言之文字，漢字在於衍形，早已獨成系統，與語言分途而行。固然，若就漢字之構成言，可謂之形符文字，而漢字之用，則早已成爲聲符，所異者僅爲泰西文字在於記錄音位，漢字則以音節（syllable）爲單位。

無論古籍中、口語中，既經書爲文句，文字之作用幾已成爲一群音節符號（Syllable Symbol），而少有涉及本義者。例如「子曰學而時習之不亦說乎」一句，說文之本義如下：「子」爲「萬物滋生」，「學」爲「覺悟也」，「而」爲「面毛」，「習」爲「數飛也」，「之」爲「出也」，「不」爲「鳥飛上翔」，「亦」爲「手臂兩腋」；如皆以造字之本義釋之，勢必窒碍不通，無法窺知全句之義。蓋漢字之初雖未必配合語言而造，漢字之孳乳及運用，必無法去語言而獨存也。有數字皆屬同義者，此也；有一字而數義者，此也；有數字皆同音者，此也；有一字而數音者，亦此也。

文字之發展雖無法脫離語言之支配，而文字究非語言，吾人不可因漢字爲一字一音節，遂認漢語爲單音節語（Mono-Syllabic）。研究某語言之語音，觀念上，當先撇開文字之束縛，而直接就語言文句之構成層次作一分析，以具有意義之最小單位爲基礎。以詩經首章爲例，「關關」、「雎鳩」、「窈窕」三詞雖各以

二字代表，卻爲語義之最小單位，無法再加分析，如以拼音文字表示，各詞均僅一字耳。今見其具二字，實因其字屬複音節，而漢字皆單音，故不得不以二字表示一字之義。又「淑女」、「君子」二詞雖由合義方式構成，既經結合，應用上即成爲表義之最小單位，諸如此類情況皆應列入漢語音韻之研究範圍。或云，此已牽涉於構詞學，與音韻無關，其說非也。構詞學（Morphology）本爲印歐語族之語言學家爲其語言所設，如英、法諸語言，其一字常因時態、語氣、性別、數目而有形態變換，其變換在在皆與詞性、語法地位產生密切關係，故構詞學常視爲文法之一部分，或成立獨立之構詞學研究之。漢語構詞學之內容並無印歐語豐富，各字既無形態變換，其詞性又可由句中之位置顯示，同時，由於衍聲複詞及同語根詞之大量存在，使漢語之構詞實即構字，故與文法無關，而與語音之關係密切，實應納之於聲韻學之範圍也。

試觀「帝國主義」一詞，吾人能謂之四「字」耶？如此則英語之 Imperialism 亦當爲兩字矣（Imperial＋ism），則「止戈爲武」、「人言爲信」之會意字亦當爲二字矣；吾人平日所稱之「字」，其包含之概念極爲模糊，作語言分析時，所指爲 Character（方塊字）耶？爲 Word（詞）耶？爲 Morpheme（詞素）耶？此乃傳統治小學所未及見也。吾人所以習慣認「帝國主義」爲四字，而以「武」爲一字，實受大前提「凡表義之最小單位必爲一音節」之推論而得，若如前論，漢語並非全屬單音節語，則「帝國主義」與「武」何殊？其皆屬於具有單一概念之詞（Word），僅音節多寡有別耳。

理論上，語音史上之擬構（Reconstruction）不應脫離意義而存在，語言之本質，音義相伴而生，有音必有義，故印歐語之歷史重建，擬音亦必擬義，如放棄意義而言擬音，所擬僅爲一空泛之軀殼，至多只能知古代大致之音位系統而已，就語言研究之立場言，難免於支離破碎。漢字所表現者，僅爲抽象之音節，吾人無法由此音節得知其在語言中所具有之實質意義，其與意義之單位並不一致，故據文字論斷語音，終不能窺得古語之全貌。

然而，實際上，漢字究非拼音文字，古代音值無法留存，漢語史之工作又不能不以字音（character）之研究爲基礎，透過方塊字以考訂各時代之音位系統。更重要者，進而與構詞學、語法學、訓詁學相結合，作全盤科學化之歸納、整理與研究。如此漢語史方能建立體系，聲韻之學亦不致流於空泛矣。

近代之多音節詞有增無減，甚且數倍於往昔，例如「火車」、「吞併」、「漂

亮」、「糊塗」、「原子彈」、「帝國主義」等皆是。其原因爲：

（一）語言之變化大都由綜合語（synthetical language）進而爲分析語（analytical language），古代一字中常包含較複雜之概念，如「犛」爲白黑相間之雜毛牛、「樗」爲山產之梨。近代則常以修飾語置於共名之上，以限制共名之內容，故形成多音節詞。此種發展既可限制字數之增加，亦因意義上包含之數種概念已分析爲數個獨立之語詞，而使語言不致含混，拉丁語即爲綜合語之代表，英語正由綜合而趨向分析，現代漢語則已成爲極端之分析語，故音節結構不能不由單而複也。

（二）古漢語之音韻系統極爲複雜，《切韻》音之聲類達四十以上，韻母依董同龢氏所擬，計前元音有【i】、【e】、【ɛ】、【æ】、【a】五類，中元音有【ə】、【ɐ】、【ʌ】三類，後元音有【u】、【o】、【ɔ】、【ɑ】四類；而現代國語聲母僅二十一，韻母除舌尖音【ï】外，計前元音有【i】、【e】、【a】三類，中元音無，後元音有【u】、【o】、【ɣ】三類，韻母與《切韻》爲六與十二之比，因此之故，古代原有分別之音節，今已混而爲一，同音字即增多，以單音節表達語義之功能勢必降低，故不能不趨向複音發展也。

多音節語雖日漸增多，而古來恆以一漢字表一音節，絕不因語言中有「xutu」一義，而造成一字代表之，仍以「糊塗」二字（character）表示，其所取者，無關於「糊」、「塗」原有之字義，純以音節符號視之。故漢字（character）所擔負之語言功能有時爲一詞（word），如「我」、「紅」、「走」諸字；有時爲一詞素（morpheme），如「飛機」之「飛」與「機」、「國家」之「國」與「家」等；有時二字乃成一詞位，如「逍遙」、「絡繹」、「老師」等；有時一方塊字而包含二詞位，如「甭」、「歪」等。因此，以方塊字爲對象而研究古音，僅能得知一音節中之結構如何，並推尋某一時代之聲韻母系統，而無法得知其構成意義單位後之音韻結構及分配如何。亦即漢字者，乃分裂語音爲個別之音節而成之單位，由此個別之音節，無法得知其實際之語言功能，僅能就此音節加以分析，由歷代不同之材料中以考知其聲、韻母之大概變遷，與印歐系語言之能直接自拼音文字中得知古語之全盤現象者不同，就此而言，未嘗非方塊字之短也。

所謂等韻圖者，爲橫列聲母，縱分四等與四聲，將各字依其音讀填入適當之格中，如此即可從縱橫交錯中顯示各字之音讀及其聲韻系統。

等韻圖之產生約在唐代中葉，今傳最早之等韻圖爲南宋紹興年間張麟之刊行之《韻鏡》及鄭樵《通志》中之《七音略》，其底本均出自唐人。早期韻圖以韻書之音讀爲據，故可作爲擬構《切韻》音之主要材料。

宋元間，爲適合實際語音之趨於簡化，且通韻併韻之風氣日盛，因而等韻表亦改變其面目，由原有之四十三轉併爲十六攝。其中以《四聲等子》爲最早。另有僞託司馬光作之《切韻指掌圖》、元劉鑑之《經史正音均韻指南》。

爲研究之便，古音可大致分爲三期：

（一）上古音（Archaic Chinese）：包括周秦兩漢。研究材料除形聲字及古韻語外，漢藏語族之比較研究已漸受注意，由共同母語之推求，當可考知更早於文字資料之古漢語。

（二）中古音（Ancient Chinese）：包括六朝、隋唐及宋代之古音。此期之語音資料極完整，現代方言亦與之關係密切，故此朝之音韻系統已大致可述。唐代語音已有顯著之轉變而異於六朝，至宋代更成爲中古音步入現代期之橋梁。

（三）官話期（Mandarin）：自元、明、清至現代。早期官話（pre-mandarin）以元周德清之《中原音韻》爲最重要。此外尚有明初官修之《洪武正韻》、明蘭茂《韻略易通》、明末畢拱辰《韻略匯通》、清初樊騰鳳《五方元音》等材料，其間，官話逐步演化之痕迹均歷歷可見。

《四聲等子》屬北宋之音韻圖表，其音韻系統既有異於切韻音，復與官話音不同，實爲上承切韻音，下開官話音，承先啓後之樞紐。由此材料可考見中古韻母發生如何之省併，早期官話之系統如何逐漸形成。故《四聲等子》之研究自有其重要性在焉。

第二節 《四聲等子》之時代與作者

《等子》未署作者之名，錢曾《敏求記》云：

> 古《四聲等子》一卷，即劉士明《切韻指南》，曾一經翻刻，冠以元人熊澤民序而易其名。相傳《等子》造于觀音，故鄭夾漈云：「《切韻》之與，起自西域。」今僧徒尚有習之者，而學士大人論及反切，便瞠目無語，相視以爲絕學矣。

劉鑑切韻指南受《四聲等子》之影響確有其事，而謂之同爲一書則非也。《四庫提要》云：

> 今以二書校之，若辨音和、類隔、廣通、侷狹、內外轉攝、振救、正音憑切、寄韻憑切、喻下憑切、日寄憑切、及雙聲、疊韻之例，雖全具於《指南・門法玉鑰匙》內，然詞義詳略，顯晦不侔。至內攝之通止遇果宕曾流深，外攝之江蟹臻山效假梗咸十六攝圖，雖亦與《指南》同，然此書曾攝做內八，而《指南》作內六；流攝此書作內六，而《指南》作內七；深攝此書作內七，《指南》作內八；皆小有不同。至於江攝外一，附宕攝內五下；梗攝外七，附曾攝內六下；與《指南》之各自爲圖，則爲例迥殊。雖《指南》假攝外六，附果攝內四之下，亦閒併二攝；然假攝統歌麻二韻，歌麻本通，故假得附果。若此書之以江附宕，則不知江諧東、冬，不通陽、唐；以梗附曾，則又誤通庚蒸爲一韻；似不出於一手矣。……《切韻指南》卷首有後至元丙子熊澤民序稱：古有《四聲等子》，爲流傳之正宗；然中間分析，尚有未明；關西劉士明著書曰《經史正音切韻指南》，則劉鑑之《指南》十六攝圖，乃因此書而革其宕攝附江，曾攝附梗之誤，此書實非鑑作也。

《四庫提要》本段文字辨二書之關係甚明，然未明音變而以宕攝附江，曾攝附梗爲誤，實謬以六朝音繩宋代音也。

錢曾又謂《等子》造于觀音，觀音爲佛門菩薩，焉能有制作等韻圖之事？然自錢曾後半段文觀之，《四聲等子》當與佛徒有密切關係，或爲解釋佛經字音而作。

又《四聲等子・序》云：

> 近以《龍龕手鑑》重校，類編于《大藏經》函帙之末，復慮方音之不一，唇齒之不分，既類隔假借之不明，則歸母協聲，何由取準？遂以附《龍龕》之後，今舉睟識體，無擬議之惑，下口知音，有確實之決。冀諸覽者，審而察焉。

即云以《龍龕手鑑》重校，《等子》之出世並不早於《龍龕》。案《龍龕手鑑》爲遼僧行均字廣濟所作，燕臺憫忠寺沙門智光字法炬爲之序，時當統和十五年丁酉

七月一日，及北宋至道三年，西元 997 年。是《等子》之出世，最早不過此時。

　　《龍龕手鑑》爲解釋佛經字音之字典，共四卷，以平上去入爲次，各卷中分部首編排各字。其序云：

> 矧以新音，編於龍龕，猶手持於鸞鏡，形容斯鑒，妍醜是分，故目
> 之曰《龍龕手鑑》。

又云：

> 又撰《五音圖式》附於後，庶力省功倍，垂益於無窮者矣。

今所見之《龍龕手鑑》並無此《五音圖式》，如此《五音圖式》與《廣韻》後所附之「辯十四聲例法」、「辯四聲輕清重濁法」相同，爲一簡單之圖表，必不致爲後人所削去，故其圖當與《四聲等子》相同，係可以獨立成書者，吾人復以《等子》序中所謂「以《龍龕手鑑》重校」、「附《龍龕》之後」相驗證之，直可令人相信，《五音圖式》與《四聲等子》即爲一物。智光明言《五音圖式》爲其所撰，則《四聲等子》之作者即智光歟？

　　《四聲等子·序》又云：「《切韻》之作，始乎陸氏。關鍵之設，肇自智公。」《切韻》之作於陸法言，爲人所共知，而「關鍵之設」者，隱然有將《龍龕手鑑》所收字音作成扼要易覽之圖表之意。故稱之爲「關鍵」也。而「智公」者，亦即爲《龍龕》作序並撰《五音圖式》之智光也。由此，吾人可推斷《四聲等子》之著作時代必離《龍龕》初刊之時不遠，亦即當北宋初年，其出世地點當爲北方之遼境，其著作之動機在於將《龍龕手鑑》之字音歸納爲圖表，以便於閱讀佛經時檢覽字音。

　　日人大矢透氏以《等子》序中有「其指玄之論」一語，遂認爲《等子》作於南宋。蓋王宗道有《切韻指玄論》一書，據《萬姓統譜》、鄭樵《七音略》、晁公《武郡齋讀書志》，其書其人均屬南宋。然細讀《等子》序文，「其指玄之論」一語似非指書名而言，所指當爲序中所言「以三十六字母，約三百八十四聲，別爲二十圖，畫爲四類，審四聲開闔，以權其輕重；辨七音清濁，以明其虛實。」之措施。且劉鑑《切韻指南·熊澤民序》云；「古有《四聲等子》爲流傳之正宗。」可知《四聲等子》之時代必去《切韻指南》之元代甚爲久遠，如《等子》作於南宋，安得稱之「古」耶？

　　《夢溪筆談》記《龍龕手鏡》云：

> 契丹書禁甚嚴，傳入中國者法皆死。熙寧中有人自虜中得之，入博
> 欽之家，蒲傳正帥浙西，取以鏤板。

熙寧爲宋神宗年號（西元 1068～1077 年），時當北宋中葉，《四聲等子》之自遼流入宋，或因附於《龍龕手鏡》之故。由此，吾人可做一合理之推測：《四聲等子》一書作於北宋初，原附於《龍龕》之後，稱爲《五音圖式》，至北宋中，流入宋朝，宋人將其由《龍龕》析出獨立成書，並加以整理改訂，名爲《四聲等子》。

由《五音圖式》而變爲《四聲等子》，曾經宋人之改訂，可自以下事實得知：

其一，《等子》有十六攝之攝名，如開合不計，實際僅有十三攝，其中「江」併於「宕」，「梗」附於「曾」，「假」合於「果」。既屬同一圖，何需有二攝之名耶？故知其前身必爲攝攝分別，各專一名者，迨入宋人之手，複按實際語音之變化予以併合；亦即其主要元音江攝已由《切韻》之【ɔ】變爲【a】，故入於宕攝；梗攝已由【a】類元音變爲【ə】，故入於曾攝；至於果、假二攝之主要元音僅後【ɑ】與前【a】之異，故可併爲一攝也。所以有此差異，或爲北宋初至北宋中所產生之音變？或爲遼境與宋境方言有別，二者皆有可能也。

其二，《等子》之攝次與圖次不相應，此亦顯經後人改動之痕迹也。茲列表如下：

圖次	攝次	圖次	攝次
		[一] 通攝	內一
[六] 蟹攝	外二	[七] 止攝	內二
[十一] 梗攝	外二		
[八] 臻攝	外三	[四] 遇攝	內三
[九] 山攝	外四	[十] 果攝	內四
[二] 效攝	外五	[三] 宕攝	內五
[十] 假攝	外六	[五] 流攝	內六
		[十三] 深攝	內七
[十一] 梗攝	外八	[十一] 曾攝	內八
[十二] 咸攝	外八		

此表恢復原有之次序排列，上列屬外轉，由外一至外八；下列為內轉，由內一至內八。然外轉有二空檔，缺「外一」與「外七」。或即宋人更動原次時之漏誤。梗攝開口既標明為外八，合口又標外二，遂與「咸攝外八」、「蟹攝外二」衝突。梗攝或本為「外七」，正補於「假攝外六」與「咸攝外八」之間。驗之於韻書之次序，梗攝諸韻亦當見於「外七」之位置也。

又江攝漏注攝次，疑本為「江攝外一」，宋人更動時遺漏者也。如此則外轉之空缺全補足矣。

《等子》原攝次以「曾攝內八」之「蒸、登」諸韻置於末，與《韻鏡》正合，故知其原有之次序當承韻鏡而來，由此亦可知等子之前身受有早期韻圖之影響也。《等子》隨《龍龕》流入宋後，宋人覺其與宋朝流行之韻書次序不合，乃加以更動，可將曾攝前移，變為第十一攝，將收【-m】韻尾之咸攝與深攝移於最末，變為第十二攝與第十三攝也。

第三節　《四聲等子》之編排與內容

壹、編排概況

《四聲等子》四等之劃分略與早期韻圖不同，《韻鏡》乃先分聲調為四大格，每格復分為四等。《等子》則先分為四等，每等中復分聲調為平上去入。各字均依其等位、聲調及聲母填入圖中，如遇其音無字，則以空圈表示。各圖之首注明攝名、內外及攝次，並注明各攝之「輕、重」，輕重之下復注明各攝之「開、合」。各圖之後，分別於各等中注明所收字之韻目名稱。各圖末行則為各韻合併之說明，其目如下：

一、通攝內一：東、冬、鍾相助

二、效攝外五：蕭并入宵類

三、宕攝內五：江、陽借形

四、遇攝內三：魚、虞相助

五、流攝內六：幽并入尤韻

六、蟹攝外二：佳併入皆韻，祭、廢借用。

七、止攝內二：（無注）

八、臻攝外三：有助借用（未舉韻名），文、諄相助

九、山攝外四：刪併山，先併入仙韻，仙、元相助

十、果攝內四：（無注）

十一、曾攝內八：隣韻借用

十二、咸攝外八：四等全併一十六韻

十三、深攝內七：獨用孤單韻

所謂「借用」、「相助」、「并入」、「借形」並無不同之含意，皆指併轉爲攝後，韻母簡化，使原屬不同韻之字音，混而無別，故特注於各圖之後也。

至於宕（江）攝、果（假）攝、曾（梗）攝三者之圖後又注有「內外混動」。此因宕攝原屬內轉，與外轉之江攝合併後，乃加注於後以明之。果攝原爲內轉，而所併之假攝爲外轉；曾攝原屬內轉，所併之梗攝則爲外轉，故皆必注明於圖後也。

此外，早期韻圖以入聲承陽聲韻，《等子》則以入聲兼承陰陽，可知入聲之性質已發生變化，其細節俟下章詳論之。

《等子》聲母以三十六字母排列，而分爲二十三行，其中「端、透、定、泥」與「知、徹、澄、孃」共佔四行；「幫、滂、並、明」與「非、敷、奉、微」共佔四行；「精、清、從、心、邪」與「照、穿、牀、審、禪」共佔五行。各聲母所出現之等位與編排狀況大致同《韻鏡》。所異者有三：

一、《韻鏡》聲母之次序爲「脣音」、「舌音」、「牙音」、「齒音」、「喉音」、「舌齒音」，《等子》則以「脣音」與「牙音」易位，而以牙音置於首。

二、《韻鏡》聲母標目用清濁表之，《等子》則各列字母之名稱。

三、《韻鏡》之喉音次序爲「影、曉、匣、喻」，《等子》卷首之「七音綱目」同之，而圖內則改爲「曉、匣、影、喻」。

《等子》卷首另有一表，解釋聲母之排列，茲錄於下，並說明於後：

韻圖　四等　四聲

〔聲〕見　溪　疑　屬牙音　具四等　角
　平上去入　平上去入　平上去入　平上去入
　四一　此中字屬牙音
　四二　此中字屬牙音
　四三　此中字屬牙音
　四四　此中字

端　透　定　泥　屬舌頭音知　屬舌上
　舌頭一在音二在音　舌頭二在音一在音　屬舌上　屬舌頭
　此中字屬舌上　此中字屬舌頭
　四一　四二　四三　四四

幫　滂　並　明　屬脣音
　此中字屬脣音　此中字屬重脣音　此中字屬重脣音　此中字屬重脣音
　四一　四二　四三　四四

等　非　敷　奉　微　屬輕脣　徵音只具第三等　宮
　七輕韻只居此第一等　有輕無重
　四一　四二　四三　四四

精　清　從　心　邪　屬齒頭音照　屬正齒音
　精等兩　照等兩　齒頭音正齒音
　一在四等一　二在四等二
　此中字屬正齒音　此中字屬齒頭音
　四一　四二　四三　四四　商

曉　匣　影　喻　屬喉音　具四等　羽
　此中字屬喉音　此中字屬喉音　此中字屬喉音　此中字屬喉音
　四一　四二　四三　四四

來　屬半舌　具四等　徵
　此中字屬半舌
　四一　四二　四三　四四

日　屬半齒音
　半來　半來　半來
　商四一　商四二　商四三　商四四

此表以「角、徵、宮、商、羽、半徵、半商」表示「牙、舌、脣、齒、喉、半舌、半齒」諸音，本爲附會之說，並無深義。其餘逐項說明於次：

（一）牙音下注明「具四等」，其實群母本只有三等韻，《等子》始有少數群母字列入一、二、四等中，蓋音變使然也。所謂「四一」者，即四等中之第一等也。「四二」、「四三」、「四四」可類推。

（二）舌音下「舌頭一在四等一」、「舌頭二在四等四」，其義爲：舌頭音之一類在四等中之第一等，舌頭音之另一類在四等中之第四等。又有「眞二等」、「假二等」之稱，所謂「眞二等」者，指音和切而言；「假二等」者，指類隔切而言。謂舌頭、舌上音各具兩等，而兩等中又有音和與類隔也。

（三）脣音下「四一」欄中「此中字屬脣音」應爲「此中字屬重脣音」之誤，「四二」、「四三」、「四四」欄內此語皆有一「重」字。又有「七輕韻只居此第一等，有輕無重」之語，「七輕韻」不知何所指，廣韻各韻中脣音變輕脣者共十韻：「東、鍾、微、虞、文、元、陽、尤、凡、廢」，此「七」字或爲「十」字之誤。又「居此第一等」之「一」字或爲「三」之誤，蓋輕脣之發生僅見於三等韻之合口中，故云「有

· 11 ·

輕無重」也,「無重」即輕脣音不見於開口之義。

（四）齒音下「兩一」、「兩二」,謂「兩類之一」、「兩類之二」。「兩一在
四等一」即齒頭音兩類中之一類置於四等之第一等也,餘可類推。
然齒頭音之「邪」母例不見於一等,此未加注明,蓋亦概括言之
也。

（五）喉音下云「具四等」誤也,其中匣母但見於一、二、四等,喻母原
只見於韻圖之三、四等中,《等子》始有少數喻母字置入一、二等,
此亦音變之故。

（六）舌齒音下「來、日」同居一欄,云「具四等」,實則僅來母具四等,
而日母僅見於第三等也。四聲等字僅有一清韻日母字「駬」置於四
等。或為誤置者也。

此表之目的,本在說明韻圖之聲母如何安置,然其所用之術語含混不明,
定義亦欠精確,乍視之令人茫然不知所緒,此蓋作者之疏失也。

貳、《四聲等子》之內容

《等子》全書共二十圖,同攝開、合相併,實得十三攝,此即《等子》韻
類之總數也。各攝包含之韻如下:

圖次	攝　名	韻　　　　　　　　　　　目
（1）	通	東董送屋、鍾腫用燭、冬宋沃
（2）	效	豪皓號鐸、肴巧效覺、宵小笑藥、蕭篠嘯
（3）	宕（開）	唐蕩宕鐸、江講絳覺、陽養樣藥
（4）	宕（合）	唐蕩宕鐸、江講絳覺、陽養樣藥
（5）	遇	模姥暮沃、魚語御屋、虞麌遇燭
（6）	流	侯厚候屋、尤有宥屋、幽黝幼
（7）	蟹（開）	咍海代曷、泰、皆駭怪黠、佳蟹卦鎋、夬、祭薛、月、齊薺霽屑
（8）	蟹（合）	灰賄隊末、皆駭怪黠、佳蟹卦鎋、夬、祭廢、月、齊霽屑
（9）	止（開）	支紙寘昔、脂旨至質、之止志職、齊薺霽、陌、迄、錫
（10）	止（合）	支紙寘昔、脂旨至質、微尾未物、術

（11）	臻（開）	痕很恨沒、臻櫛、欣隱焮迄、眞軫震質、先屑
（12）	臻（合）	魂混慁沒、文吻問物、諄準稕術
（13）	山（開）	寒旱翰曷、山產襇鎋、刪潸諫黠、元阮願月、仙獮線薛、先銑霰屑
（14）	山（合）	桓緩換末、山產襇點、刪潸諫鎋、元阮願月、仙獮線薛、先銑霰屑
（15）	果（開）	歌哿箇鐸、麻馬禡鎋
（16）	果（合）	戈果過鐸、麻馬禡鎋
（17）	曾（開）	登等嶝德、庚梗敬陌、耕耿諍麥、蒸拯證職、清靜勁昔、青迥徑錫
（18）	曾（合）	登等嶝德、庚梗敬陌、耕耿諍麥、清靜勁昔、青迥徑錫
（19）	咸	覃感勘合、談敢闞盍、咸謙陷洽、銜檻鑑狎、凡范梵乏、嚴儼釅業、鹽琰豔葉、添忝㮇怗
（20）	深	侵寢沁緝

叁、三、四等之混淆

　　《四聲等子》之一、二等韻分別甚嚴，絲毫不亂，可知其語音仍有分別；三、四等則異於是，其間有歸字混淆者，有注明無區別者，皆有關於音變，《等子》之所以劃分圖表爲四格者，乃因襲傳統而然也，故重紐字有置入四等者，齒頭音及喻母有置入四等者；茲分別敘述於後：

（一）重紐字

　　見於「支、脂、眞、諄、祭、仙、宵」諸韻之「脣、牙、喉」音中，本爲三等韻，早期韻圖恒置之於四等，其語音之分別當在切韻時代，或更早於《切韻》之時代，《等子》僅爲沿襲前制，故僅能視爲形式上之編排而已。重紐現象見於《等子》下列諸攝中：（舉平以該上去入）

1. 效攝宵韻牙音「翹、猺」、脣音「標、縹、漂、螵、剽、瓢、摽、驃、蜱、眇、妙」諸字置於四等。

2. 蟹攝合口祭韻脣音「蔽、潎、獘、袂」及薛韻脣音「鷩、瞥、滅」諸字置於四等。

3. 止攝開口支韻脣音「卑、俾、臂、陂、諀、譬、睥、婢、避、彌、弭」牙音「枳、馶、企、衹、觭」喉音「訑、縊」脂韻脣音「寐」喉音「咽、

系、伊」昔韻脣音「辟、僻、擗」喉音「益」諸字置於四等。

4. 止攝合口支韻牙音「規、窺、跬、觖」喉音「恚」脂韻牙音「癸、季、葵、揆、悸、嵈」脣音「卑、匕、庳、紕、屁、毘、牝、鼻、寐」喉音「倠、瞲、侐」術韻「橘」質韻「必、匹、邲、蜜、獝」諸字皆置於四等。

5. 臻攝開口眞韻牙音「緊、鬈、蠸、菣、趣」脣音「賓、臏、鬢、繽、砯、嬪、頻、牝、民、泯」喉音「因、印」質韻牙音「吉、詰、佶、趌」脣音「必、匹、邲、密」喉音「故、一」諸字皆置於四等。

6. 臻攝合口諄韻牙音「均、昀、麇」術韻牙音「橘」喉音「獝」諸字置於四等。

7. 山攝合口仙韻牙音「絹」喉音「蠉」諸字置於四等。

8. 曾攝開口清韻牙音「輕」、脣音「并」、喉音「嬰、益、欲」諸字置於四等。

9. 曾攝合口清韻牙音「傾、瓊、頃、高」脣音「并、餅、摒、辟、聘、僻、偋、擗、名、聕、詺」喉音「眴」韻字置於四等。

10. 咸攝鹽韻喉音「懕、黶、厭、擪」諸字置於四等。

11. 深攝侵韻喉音「愔、揖」諸字置於四等。

（二）齒頭音及喻母字

早期韻圖乃根據韻書之音讀而歸字，然韻圖所用之聲母爲三十六字母，切韻之聲紐達四十以上，遂無法相合，韻圖乃將三等之齒頭音五母「精、清、從、心、邪」及喻母「以」類字置於四等，此原爲韻圖編排因地位不足之權宜措施，與語音之區分無關，《等子》既承襲早期韻圖之體製，亦置齒頭音及喻母字於四等，見於下列各攝中，爲免累贅，但舉攝名，不列其字。

1. 效攝　宵韻
2. 宕攝　陽韻
3. 遇攝　魚韻、虞韻
4. 流攝　尤韻
5. 蟹攝　祭韻
6. 止攝　支韻、脂韻、之脂

7. 臻攝　眞韻、諄韻

8. 山攝　仙韻

9. 果攝　麻韻、戈韻

10. 曾攝　清韻、蒸韻

11. 咸攝　鹽韻

12. 深攝　侵韻

（三）注明相混者

《等子》圖後常注明三等韻與四等韻已「併入」而無分別，此正說明三、四等韻母至《等子》之時代已合為一類，製圖表者雖依傳統將原三等與四等字分別納入三、四等位中，而發覺其間實無語音之差異，故加注於後也。見於下列各攝中：

1. 效攝云「蕭併入宵類」，前者本為四等韻，後者本為三等韻。

2. 流攝云「幽併入尤韻」，考幽韻字早期韻圖均置於四等，然其反切上字常為三等性之「居、方」等字，復具有僅出現三等韻之群母字。故其韻母當屬三等，所以必居於四等者，或其介音有異於一般三等韻耶？至《等子》時代，此項區別已不復存在，故注明并入三等之尤韻也。

3. 山攝云「先併入仙韻」，前者本為四等韻，後者本為三等韻。

（四）歸字混淆者

《四聲等子》之歸字，有本為三等而列入四等者，有本為四等而列入三等者，足證《等子》之三、四等已無分別矣。其錯置情況如下：

1. 宕攝陽韻上聲並母「驃」字「毗養切」，當為三等字，而《等子》置於四等。

2. 宕攝陽韻上聲泥母「饟」，當為三等字，而《等子》置於四等。

3. 流攝尤韻平聲端母「颩」字「巴收切」，當為幫母三等字，而《等子》置於端母四等。

4. 蟹攝開口薛韻來母「埒」字「力輟切」，當為三等字，而《等子》置於四等。

5. 蟹攝開、合二圖三等平、上聲皆無四等字，而韻目注「齊、薺」二字，合口圖又注「屑」韻之目，此皆四等韻目，《等子》又重出於四等，由

此可証三、四等已無分別。

6. 止攝開口錫韻來母「刕」，字「郎擊切」，當爲四等字，而《等子》置三等。

7. 止攝合口術韻匣母「驈」字「餘律切」，與喻母「聿」同音，《等子》誤置匣母四等。

8. 臻攝開口質韻泥母「昵」字「尼質切」，當爲三等字，而《等子》置於四等。

9. 果攝開口麻韻平聲曉母「苛」字「黑嗟切」，當爲三等字，而《等子》置於四等。

10. 果攝開口麻韻平聲明母「哶」字「迷爾切」，當爲三等字，而《等子》置於四等。

11. 果攝開口麻韻上聲明母「乜」字「彌也切」，當爲三等字，而《等子》置於四等。

12. 果攝開口麻韻上聲端母「哆」字「丁寫切」，當爲三等字，而《等子》置於四等。

13. 果攝開口麻韻「欦」字「企夜切」，「爹」字「陟邪切」，亦當爲三等字，《韻鏡》、《等子》皆列於四等。

14. 咸攝凡韻滂母入聲「姂」字「房法切」，當屬奉母三等字，而《等子》置於滂母四等。

肆、輕重開合之問題

《四聲等子》於各圖之首行，有注明開、合者，有未注者，亦有稱開口爲「啟口呼」者，體例極不一致。高師仲華《四聲等子之研究》一文云：

大體由第一圖至第六圖均不注明開合（惟第二圖注明「江開口呼」），最後二圖，即第十九、二十圖，亦不注開合。最初六圖開合易辨，而不注明者，或以創始時原以《通志七音略》爲準，但注明輕重，而不擬注開合，至第七圖，忽覺有注開合之必要，於是以下各圖皆注開合。然至第十九、二十兩圖、即所謂「閉口韻」者，以《韻鏡》各本所注不一，亦難定其開合，遂不予注明。其後對此八圖亦不復補注開合，可見其書尚爲未定之稿。

《四聲等子》各圖之首行又注明「輕、重」，高師仲華以之與《七音略》之輕、重相對證，知《等子》所注之輕、重，實歸併《七音略》而來，今依高師之考訂，逐攝說明於次：

1. 通攝重少輕多韻：《七音略》東爲「重中重」、冬鍾爲「輕中輕」，重者僅東、董、送、屋四韻，而輕者則冬、鍾、腫、宋、用、沃、燭七韻，故云「重少輕多韻」。

2. 效攝全重無輕韻：《七音略》第二十五圖、第二十六圖收此諸韻字，並爲「重中重」，故云「全重無輕韻」。

3. 宕攝重多輕少韻：《七音略》第三圖江爲「重中重」，第三十四圖陽唐爲「重中重」，第三十五圖陽唐爲「輕中輕」，前兩圖所收字多，後一圖字少，故云「重多輕少韻」。

4. 遇攝重少輕多韻：《七音略》魚爲「重中重」，模虞爲「輕中輕」，重者僅魚語御三韻，輕者則模虞姥麌暮遇六韻；又入聲屋爲「重中重」，沃燭爲「輕中輕」；合而計之，重者四韻，輕者八韻，故云「重少輕多韻」。

5. 流攝全重無輕韻：《七音略》第四十圖收侯、尤、幽等韻爲「重中重」，故云「全重無輕韻」。

6. 蟹攝輕重俱等韻：《七音略》第十三圖收咍皆齊海駭薺代怪祭霽共十一韻爲「重中重」，第十四圖收灰皆齊賄隊怪祭霽夬九韻爲「輕中重」，第十五圖收佳蟹泰卦祭廢六韻爲「重中輕」，第十六圖收佳蟹泰卦祭廢六韻爲「輕中輕」，合而計之，輕重約略相等，故云「輕重俱等韻」。

7. 止攝重少輕多韻：《七音略》第六圖收脂旨至三韻爲「重中重」，第七圖收脂旨至三韻爲「輕中重（內輕）」，第九圖收微尾未三韻爲「重中重（內輕）」，第十圖收微尾未三韻爲「輕中輕（內輕）」，新增入聲質在第十七圖爲「重中重」，物在第二十圖爲「輕中輕」，圖中多爲三、四等字，而一、二等字甚少，此蓋即《七音略》所稱「內輕」者也，故云「重少輕多韻」。

8. 臻攝輕重俱等韻：《七音略》第十七圖收痕臻眞很癮軫恨、焮、震沒櫛質十二韻爲「重中重」，第十八圖收魂諄混準慁稕沒術八韻爲「輕中輕」，第十九圖收欣隱焮迄四韻爲「重中輕」，第二十圖收文吻問物四韻爲輕中輕。就十七、十八兩圖言，輕重約略相等；十九、二十兩圖附於中，

雖重輕相對，而「中輕」者多，即未必「俱等」矣。

9. 山攝輕重俱等韻：《七音略》第二十一圖收山元仙產阮獮襉願線鎋月薛十二韻爲「重中輕」，第二十二圖韻與前圖同爲輕中輕，第二十三圖收寒删仙先旱潸獮銑翰諫線霰曷黠薛屑十六韻爲「重中重」，第二十四圖收桓删仙先緩潸獮銑換諫線霰末黠薛屑十六韻爲「輕中重」，輕重約略相等，故云「輕重俱等韻」。

10. 果攝重多輕少韻：《七音略》第二十七圖收歌哿箇韻爲「重中重」，第二十八圖收戈果過三韻爲「輕中輕」，第二十九圖收麻馬禡三韻爲「重中重」，第三十圖亦收麻馬禡三韻爲「輕中輕（一作重）」。第二十七、二十八兩圖輕重約略相等；如以第二十九、三十兩圖合作，則重多於輕，故云「重多輕少韻」。

11. 曾攝重多輕少韻：《七音略》第三十六圖收庚清梗靜敬勁陌昔八韻爲「重中重（一作輕）」，第三十七圖亦收庚清梗靜敬勁陌昔八韻爲「輕中輕」，第三十八圖收耕清青耿靜迥靜勁徑麥昔錫十二韻爲「重中重」，第三十九圖收耕青迥靜徑麥錫七韻爲「輕中輕」，第四十二圖收登蒸等拯嶝證德職八韻爲「重中重」，第四十三圖收登德職三韻爲「輕中輕」，以韻數、字數計之，均是重多輕少，故云「重多輕少韻」。

12. 咸攝輕重俱等韻：《七音略》第三十一圖收覃咸添鹽感豏琰忝勘陷豔㮇合洽葉帖十六韻爲「重中重」，第三十二圖收談銜嚴鹽敢檻儼琰闞鑑釅艷盍押業葉十六韻爲「重中輕（一作重）」，第三十三圖收凡范梵乏四韻爲「輕中輕」。將此三圖四等之字分計之，洪細音約略相等，其云「輕重俱等韻」蓋如此。然第三十一、第三十二兩圖均重，字數最多；第三十三圖爲輕，而字最少；以此而言，則應云「重多輕少韻」方合。

13. 深攝全重無輕韻：《七音略》第四十一圖收侵寢沁緝四韻爲「重中重」，故云「全重無輕韻」。

第四節　《四聲等子》之門法

今傳之等韻圖，言門法者以《四聲等子》爲最早。以近世發現之燉煌《守溫韻學殘卷》比較觀之，《四聲等子》之門法仍非首創，實前有所承者。例如《等

子》「辨內外轉例」所言爲「轉」，而《等子》之分圖則已併轉爲攝；「辨廣通侷狹例」在分別支、脂、之，而《等子》之分圖則合支、脂、之爲一，由此可知《等子》所載各「例」乃延襲而來，並非專爲本圖設計。

《守溫韻學殘卷》中有「定四等輕重兼辨聲韻不知無字可切門」與《四聲等子》之「寄韻憑切門」、「互用憑切門」相似：

> 高　此是喉中音濁，於四等中是第一等字，與歸審、穿、禪、照等不和。若將審、穿、禪、照字爲切，將高字爲韻，定無字可切。但是四等喉音第一字。總如高字例也。
>
> 交　此是四等中第二字，與歸精、清、從、心、邪中字爲切，將交字爲韻，定無字可切。但是四等第二字，總如交字例也。

又有「聲韻不和切字不得例」與《四聲等子》「辨類隔切字例」相似：

> 切生　聖僧　床高　書堂　樹木　草鞋　仙客　夫類隔切字有數般，須細辨輕重方乃明之，引例於後：如都教切罩，他孟切掌，徒幸切瑒，此是舌頭、舌上隔。如方美切鄙、方逼切堛、符巾切貧、武悲切貧，此是切輕韻重隔。如疋問切忿、鋤里切土，此是切重韻輕隔。恐人只以端、知、透、徹、定、澄等字爲類隔，迷於此理，故舉例如上，更需子細了了。

由此可知唐代已有「門法」之實，然「門法」之名則自《四聲等子》始。此外，《通志·藝文略》著錄有「切韻內外轉鈐」與「內外傳歸字」各一卷，書雖不傳，顧名思義，當亦與《等子》「內外轉」一例有關。

《等子》所列門法共九條，其中有稱「例」者，有稱「門」者，有稱「門法例」者，殊不一致。董同龢《等韻門法通釋》一文云：

> 《等子》卷首的那些條文，自音和以至內外轉都稱例，而自窠切以至日母寄韻，忽又稱門，這種分別既很觸目。更可以注意的是：《切韻指掌圖》卷首既在大量襲用《等子》，何以那麼湊巧，又只取了《等子》稱例的那一部份，而完全未及稱門的那些呢？由這一點，我很疑心《等子》的門法本來只有稱爲例的那幾條，至於帶門字的，大概是後人竄入的。

高師仲華《四聲等子之研究》一文云：

在《四聲等子》以前，門法已在形成之中，《等子》薈萃前人之說，故體例不能純一耳。《四聲等子》為草創之書，七音綱目與十六構圖所載喉音四母序次不同，十六攝名稱不備，外轉缺二攝（外一與外七），亦有實為攝而無攝之名（如「江」），亦有同一攝而轉次不同（如梗攝），十六攝未盡標開口呼、合口呼，而開口呼又或作啟口呼，凡此之類，體例皆不純一，並為草創時之現象，不僅言門法為然也。

然則，「門法」產生之背景若何？等韻門法之各條目究如何產生？此又必須先加以說明者。蓋等韻門法與反切、字母、等第均有關聯，易言之，門法之對象即中古韻書之反切與韻圖上之字母等第。第韻圖既以韻書中之字音，依字母縱橫排列，而同一母之下，又依洪、細之差異列為四等，然就實際語音系統中，聲母與韻母之配列，無論如何均無法如理想之圖表整齊，某一聲母或可與某一韻母拼切成音，而與它一韻母則否，例如某字母之下，有一等之字音，卻缺二等之字音，而在另一字母下，有二等之字音，卻缺一等之字音。同時，最初字母之製定，受有梵、藏字母之影響，及分析字音之未臻精密，如此所產生之字母，自無法與切韻系韻書之聲紐相合。《切韻》之聲類達四十以上，韻圖加以相補排列，僅二十三行。陳澧《切韻考·外篇》云：

> 《切韻指掌圖》字母平列三十六行，《七音略》、《四聲等子》則置知、徹、澄、孃於端、透、定、泥之下，置非、敷、奉、微於幫、滂、並、明之下，置照、穿、牀、審、禪於精、清、從、心、邪之下，為二十三行而已。端四母、精五母有一等、四等，無二等、三等，知四母、照五母有二等、三等，無一等、四等，遂以相補；非四母但有三等，無一等、二等、四等，幫四母雖四等具有，而遇三等無字之處，則以非四母相補，可謂巧矣。然不如平列之，使有者自有。無者自無，順其自然，不必相補也。

此外，正齒音五母與喻母，其反切均有絕不相混之兩類，韻圖不得不費許多周折，加以安置。所謂「門法」亦即此種情形下之產物。如使三十六字母與四等之劃分能與反切所代表之聲韻系統完全相符，又使其縱橫交錯之關係能與中古聲韻母之配合條件絲毫無間，則韻書中數以千計之切語當可於一至簡之原則下包容無遺。無如等韻之學另有來源，而中古韻書復為數百年陳陳相因之產品，

其中有無數不合於常軌之切語存焉，於是韻圖歸字不得不隨時變通，以遷就韻圖中之位置，甚且必須不顧反切之特殊，以從實際之系統。如此多端之事例，自需逐項加以說明，故跟隨韻圖之流布，此類說明之條文，與其他專門討論五音、字母、等第之文字乃出現於韻圖中。

門法自其形成，至宋元時代，均有增益演變，後世更有牽強附會者，門法之學遂晦矣。

> 知三母字古音讀如端三母，非四母字古音讀如幫四母，切語上字有沿用古音者，宋人謂之類隔。《廣韻》每卷後有「新添類隔，今更音和切」一條；《四聲等子》遂立門例，其一條云：「端、知八母下，一、四歸端，二、三歸知」又云：「以符代蒲，其類奉、並，以無代模，其類微、明」明僧眞空作〈門法玉鑰匙〉，又增減之爲十三條。方素北《古今釋疑》云：「詳其所以立門法者，乃見孫愐切腳不合，而不敢議之，故強爲之遷就之說。」澧案此說是也。作門法者，本欲補救等韻之病，而適足以顯等韻之病。

《四聲等子》有門法九，《切韻指南》增爲十三門，眞空又增爲二十門，門法越演越密之現象，亦正反映實際語音系統之劇變，而韻圖本身之格式均承襲舊有，故不得不推衍許多門法以強作解釋。門法逐漸加密之原因，劉鑑《切韻指南》自序所論甚是：

> 若以浮淺小法，一概求切，而不究其原者，予亦未敢輕議其非；但恐施於誦讀之間，則習爲篾裂矣。……
>
> 又如「符羈切」如「肥」字，本是「皮」字；「都江切」如「當」字，本是「樁」字；「士魚切」如「殊」字，本是「鋤」字；「詳里切」如「洗」字，本是「似」字；此乃門法之分也。如是誤者，豈勝道哉？

董同龢分等韻門法之發展爲四期：

（一）最早之門法，乃東鱗西爪，且與韻圖分開而行，然今日皆已不存，無法窺其眞面目矣。

（二）從《四聲等子》始，此類門法方收集而與韻圖並行。至切韻指南，條文大致齊備；但又與其它等韻條文分開，自成「門法玉鑰匙」。

又自《等子》以至〈玉鑰匙〉，各門法均因「舊制」，而非「私述」，故能保存原有之面目，極少後加之成份。

（三）劉士明作「玄關歌訣」分六段總述門法。採另一途徑以闡釋門法，加以補充與革新。釋真空「直指玉鑰匙門法」之二十門與之相類。至此，門法已別無進展，同時開始轉變。

（四）《續通志七音略》有「門法圖」與「門法解」各一卷，亦分二十門，門下又分子目。此乃總集劉鑑、真空二人流弊之大成，曲解門法之淵藪。自此以後，門法遂成玄奧不可知之學矣。

茲將《四聲等子》之門法，逐條討論於後：

（一）辨音和切字例

凡切字，以上者爲切，下者爲韻，取同音、同母、同韻、同等，四者皆同，謂之音和。謂如丁增切登字，丁字爲切，丁字歸端字母，是舌頭字，增字爲韻，增字亦是舌頭字；切而歸母，即是登字，所謂「音和遞用聲」者此也。

協　德字與曾字協聲，在本帙第十七圖曾攝內八端下第一等中
・　四登（平）等（上）嶝（去）德（入）

聲　洪字與通字協聲，在本帙第一圖通攝內一匣字下第一等中
　　聲洪（平）澒（上）哄（去）穀（入）

歸　德字屬舌頭音，歸端字母　一（德烘成洪）

母　洪字屬喉音，歸匣字母　音（特翁蘕○）

謂如德洪切東字，先調德字，求協聲韻所攝，於圖中尋德字，屬端字母下，係入聲第一等眼內字；又調洪字於協聲韻所攝，圖中尋洪字，即自洪字橫截過端字母下，平聲第一等眼內，即是東字，此乃音和切。其間或有字不在本等眼內者，必屬類隔、廣通、局狹之例，與匣、喻、來、日下字。或不識其字，當翻以四聲一音調之，二者必有一得也。

案等韻門法中，「音和」爲韻圖之正則歸字條例，其他各門，如「類隔」、「振救」、「通廣」、「寄韻」皆屬變例。凡言門法者，「音和」皆列爲開宗明義之首章。韻

鏡卷首有「歸字例」。與音和頗爲類似：

> 歸釋音字一如撿禮部韻，且如得「芳弓反」，先就十陽韻求芳字，知
> 屬脣音次清第三位。卻歸一東韻尋下弓字，便就脣音次清第三位取
> 之，乃知爲「豐」字，蓋芳字是同音之定位，弓字是同韻之對映，
> 歸字之訣，大概如是。……

此段文字即說明如何由反切於韻圖中找出所切之本字，韻圖大部份字皆需如此
尋出，此爲韻圖歸字之正常法則也。又「門法玉鑰匙」亦有一段闡釋音和之文
字：

> 音和者，謂切腳二字，上者爲切，下者爲韻，先將上一字歸知本母，
> 於爲韻等內本母下便是所切之字，是名音和切。

其大意與韻鏡「歸字例」同。實則，「音和」之義甚簡，即反切上字之聲與所切
之字爲雙聲，同母同清濁。反切下字與所切之字疊韻，同韻同等呼同聲調。此
即謂之音和也。而門法中常以繁覆累贅之文字以說明之，徒使人益生困惑耳。《四
聲等子》此例以長達三百餘字之文說明之，非但予人深奧難解之感，且本身有
如自縛手腳，處處窒絆不通。起首「音和」之定義尚簡明扼要，而下舉「丁增
切登」之例，即以「增」字誤爲舌頭字，「增」字本爲精母字，屬齒頭音，見廣
韻登韻。且「增」字爲反切下字，其所代表者，爲韻母與聲調，至於屬何聲母，
在此全無作用，根本無須提及其爲九音中之何音。

　　《等子》所舉之第二例爲「德洪切東字」，並列一表說明「德、洪」二字之
聲母、九音及歸攝等第，使人無法看出「德」字僅表示聲母，「洪」字僅表示韻
母，令人視表而茫然不知所由。此實制門法者之失也。董同龢曾以圖表概括《等
子》此門例之含意：

	端	透	定	泥	……	曉	匣	影	喻
一等	東（德字屬端母）						洪（洪字屬一等）		
二等									
三等									
四等									

「德」字端母，「洪」字一等，二者交錯，正是「東」字，此正爲一般韻圖之排列法。照理韻圖上所有字均應如此尋得，然因種種緣故，某些字之切語並非依此一橫一直之關係安置其字音，乃產生其他門法以補充說明。

（二）辨類隔切字例

凡類隔切，字取唇重唇輕、舌頭舌上、齒頭正齒、三音中清濁（案此當漏「同」字，指掌圖、切韻指南皆有之）者，謂之類隔。如端、知八母下，一、四歸端，二、三歸知。一、四爲切，二、三爲韻，切二、三字；或二、三爲切，一、四爲韻，切一、四字是也。假若丁呂切柱字，丁字歸端字母，是舌頭字（在後曾攝内八啓口呼圖内端下第四字），呂字亦舌頭字。柱字雖屬知，緣知與端俱是舌頭純清之音，亦可通用。故以「符」代「蒲」，其類奉、並（如玉篇皮字作符羈切之類是也），以「無」代「模」，其類微、明，以「丁」代「中」，其類知、端。以「敕」代「他」，其類徹、透，餘做此。

此例專爲類隔而設者。類隔與音和相對，即切語上字與其所切之字非雙聲。然今之所謂類隔，古人讀之，亦屬音和，非古人作切語有意立此異說，以困後學也。等韻學家不明此理，妄立門法、設名目，牽強附會，自圓其說，於是闇于音學之人，偶爾讀之，如入雲霧，恍惚迷離，莫知指歸。《四聲等子》本例舉丁呂切柱字，以知母與端母「亦可通用」，實未明類隔之理也。類隔之產生，由於語音之演變，聲母發生變化，使反切上字與其所切之字脫離原有之雙聲關係，易言之，即一字之聲母已改變，而另一字之聲母仍保存原式，遂使反切不合於正規之拼音法。韻書中類隔之情形極爲普遍，大別之，可分爲三類：

1. 唇音類隔

上古重唇音「幫、滂、並、明」與輕唇音「非、敷、奉、微」不分，皆讀爲雙唇音，中古韻書中之反切，唇音類隔之數量極多，觸目皆是，可知中古早期輕唇音亦未產生。輕唇音分化之時代約在唐朝，然各地方言並不一致，閩粵一代至今仍有保存重唇音者。

唇音變輕唇者，僅見於韻書之「東、鍾、微、虞、文、元、陽、尤、凡、廢」諸韻及其相配之上去入聲，凡此諸韻之反切上字屬「方、芳、符、武」類者（見董氏「廣韻反切上字表」），皆變爲輕唇，亦即韻圖置於唇音三等之一

部分字。《等子》本例所舉之「以符代蒲」、「以無代模」即唇音類隔也。

2. 舌音類隔

上古舌頭音「端、透、定、泥」與舌上音「知、徹、澄、娘」不分。至隋唐其分化已大致完成，舌頭音見於一、四等韻，舌上音見於二、三等韻。韻書中舌音類隔之例較少，《廣韻》僅二十七見，蓋當時各方言已大部有分別矣。然舌上音讀爲舌頭音之例仍可見於現代南方方言中。

3. 齒音類隔

上古齒頭音「精、清、從、心、邪」與韻圖置二等之正齒音「莊、初、崇、生、俟」，均讀爲舌尖塞擦音與擦音。後世凡一、三、四等韻保存原有之聲母，獨二等韻變爲舌尖面混合音「莊、初、崇、生、俟」，其後此類字復有一部份韻母發生變化而變入三等。此項分化之時代較舌音分化更早，故韻書中極少齒音類隔（亦稱「精、照互用」）之現象，廣韻僅四見：

> 去聲鑑韻「覽」子鑑切，韻鏡見四十轉齒音二等清
> 上聲馬韻「𪗈」鉉瓦切，韻鏡見三十轉齒音二等清
> 去聲夬韻「啐」蒼夬切，韻鏡見十三轉齒音二等次清
> 上聲厚韻「鯫」仕垢切，韻鏡見三十七轉齒音一等濁

前三字之反切上字仍爲齒頭音，而本字已變讀爲正齒音，遂成爲類隔；「鯫」字之反切上字已變讀爲正齒音，而本字仍讀齒頭音，遂亦悖於音和矣。

因此，等韻門法中「類隔」之現象實爲古語遺留之痕迹。韻圖依實際音讀排列，乃與切語不合。燉煌《守溫韻學殘卷》亦曾提及類隔：

> 夫類隔切字有數般需辨輕重，方乃明之，引例於後：如都教切罩，他孟切□，徒幸切□，此舌頭舌上隔。如方美切鄙，芳逼切堛，符巾切貧，武悲切眉，此是切輕韻重隔。
>
> 如疋門切忿，鋤里切士，此是切重韻輕隔。

由此可知語音變化所形成之特殊切語，早已有人注意，且名之爲「類隔」矣。

《四聲等子》本例既未明類隔之理，故多可議之處。其聲與韻之關係及劃分常牽扯混淆，如所云：「一四可切，二三爲韻，切二三字；二三爲切，一四爲韻，切一四字」乍看之下，令人不知所云，如改爲「以屬一四等之舌頭音聲母爲反切上字，以二三等韻爲反切下字，如此所拼得之字屬二三等韻，即爲類隔。

蓋二三等韻必無舌頭音聲母也。反之，以二三等之舌上音聲母爲反切上字，以一四等韻爲反切下字，如此所拼得之字屬一四等韻，亦爲類隔。蓋一四等韻必無舌上者爲其聲母也。」如此則明白易解矣。所述之兩種情況以前者較爲普遍，後者廣韻僅三見：

> 質韻「姪」直一切，韻鏡十七轉舌音四等濁
>
> 質韻「昵」尼質切，韻鏡十七轉舌音四等清濁
>
> 錫韻「歡」丑歷切，韻鏡三十六轉舌音四等次清

三字之反切上字已變爲舌上音，本字則仍讀舌頭音也。又《等子》本例舉「丁呂切柱」之例，「呂」字爲反切下字，原與聲母無關，而云「呂字亦舌頭字」非但贅言，同時亦誤來母之「呂」字爲舌頭音，來母當屬九音中之半舌也。又云：「緣知與端俱是舌頭純清之音」亦有語病，蓋知母當爲舌上音，豈可與舌頭音之端母「亦可通用」耶？

（三）辨廣通侷狹例

> 廣通者，第三等字通及第四等字。侷狹者，第四等字少，第三等字多也。凡唇牙喉下爲切，韻逢之、脂、眞、諄、仙、祭、清、宵八韻，及韻逢來、日、知、照正齒第三等，並依通廣門法，於第四等本母下求之（如余之切頤字碑招切標字）。
>
> 韻逢東、鍾、陽、魚、蒸、尤、鹽、侵，韻逢影、喻及齒頭精等四爲韻，並依侷狹門法，於本母下三等求之（居容切恭字居悚切拱字）。

「廣通」門法玉鑰匙稱爲「通廣」。〈玉鑰匙〉云：

> 謂唇牙喉下爲切，以支、脂、眞、諄是名通，仙、祭、清、宵號廣門，韻逢來、日、知、照三，通廣門中四上存。所謂通廣者，以其第三通及第四，故曰通廣，如符眞切頻、芳連切篇字之類是也。

韻圖中「支、脂、眞、諄、祭、仙、宵」諸韻併其上去入聲之唇、牙、喉音分爲兩類，分置於三、四兩等。置於三等之唇、牙、喉音獨爲一類，置於三等之舌音、齒音、來、日與置於四等之唇、牙、喉音爲另一類。茲以圖表示：

	牙音	舌音	唇音	齒音	喉音	來	日
一等							
二等							
三等	△	×	△	×	△	×	×
四等	×		×		×		

董同龢《漢語音韻學》云：

> 支、脂、眞、諄、祭、仙、宵、清八韻有一類唇、牙、喉音在韻圖
> 是列四等的（按即前圖四等作×者），而同韻的知、章系與來、日字
> 又在三等（按即前圖三等作×者），遇前者以後者爲反切下字時，就
> 不能在後者所居之三等找到前者，而要改在四等。

《等子》所舉「廣通」之例「余之切頤」，反切下字「之」字屬之韻三等齒音章
母，本字「頤」（與飴同音）則見喉音喻母四等，茲列圖如下：

如此則無法依「音和」之原則求得其字，故立此廣通之門法。《等子》云：
「於第四等本母下求之」正如圖所示，需於喻母之四等位上方能檢得此「頤」
字。

《等子》又舉「碑招切標」爲例，反切下字「招」（與昭同音）屬宵韻齒音
章母三等，本字「標」（與飆同音）則見於唇音幫母四等，如依「音和」之法，
亦無法尋得，故需「於第四等本母下求之」，如圖所示：

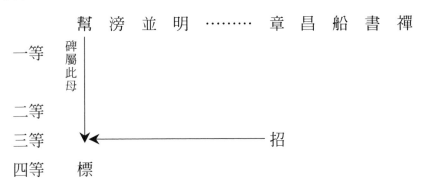

此即「玉鑰匙」所云:「韻逢來、日、知、照三,通廣門中四上存。」易言之,及此類字原屬三等性,因某種原因而被「通」至四等位上,反切內無法表明,韻圖上則必分列,因此產生不合,乃制此門法以說明也。

「眞切頻」、「芳連切篇」亦然。「頻」字見眞韻唇音並母四等位上,其反切下字「眞」爲齒音章母三等。「篇」字見仙韻唇音滂母四等位上,其反切下字「連」爲來母三等。二者皆合於「第四等本母下求之」之條例。其所出現之韻「眞、仙」亦不出條例所舉之諸韻,與「韻逢來、日、知、照三」亦無悖。

今產生問題者爲《等子》「余之切頤」之例,非但「之」韻字不見於條例所舉之通廣八韻中,且前引「標、頻、篇」諸字之聲母及其他重紐四等字之聲母均不外「幫、滂、並、明、見、溪、群、疑、影、曉」十母,「頤」字屬喻四,與他例不同類。故「余之切頤」之例疑《等子》誤舉者也。

三等韻「通」至四等之情形尚有齒頭音及喻母。韻圖之排列以齒音最爲複雜,齒音下以齒頭音「精、清、從、心、邪」置於一四等,以正齒音「照、穿、牀、審、禪」至二三等。分析韻書中之反切上字,正齒音實應分爲二類,即「章、昌、船、書、禪」與「莊、初、崇、生、俟」,假若韻圖齒音以十五行分別排列各母字,則各韻各母字皆可置於其當置之地位,惜韻圖受字母及格式之限制,不得不將無法容納之字音移至其他地位,並藉各項門法、條例以說明之。

齒頭音出現於一、三、四等韻中,正齒音章系字出現於三等韻中,莊系字出現於二、三等韻中。韻圖之編排,以三等之章系字置於三等;二等之莊系字置於二等,而三等之莊系字勢必與章系字衝突,恰凡此時,同轉二等常缺二等字,乃將三等之莊系字借入二等位。至於一、四等之齒頭音,可置於一、四等而不致產生問題,三等之齒頭音又勢必與章系字衝突,韻圖乃將其借入四等位上。因此,韻圖中凡齒頭音皆見於一、四等,莊系字皆見於二等,章系字皆見於三等。

至於喻母字,韻書之反切系聯可分爲「云」、「以」二類,韻圖以「云」置三等,「以」類雖亦僅出現於三等韻中,而韻圖喻母三等位既已爲「云」類字所佔,乃通至四等位上。

正齒音及喻母字韻書之所以分析爲二類,而字母各僅一類者,實語音簡併之故。韻圖作者以後起之字母系統收羅早期之反切字者,此所以不得不求助於門法也。

所謂「侷狹」者，〈玉鑰匙〉云：

> 侷狹者，意味脣牙喉下爲切，韻逢東、鍾、陽、魚、蒸爲侷。尤、
> 鹽、侵、麻狹中依，韻逢精等喻下四，侷狹三上莫生疑。所謂侷狹
> 者，爲第四等字少，第三等字多，故曰侷狹，如去羊切羌字，許由
> 切休字之類是也。

《等子》以「居容切恭」爲例，反切下字「容」字爲鍾韻喻母四等，本字「恭」
爲見母三等，是與音和切不合矣。故《等子》云：「於本母下三等求之」，茲以
圖表示：

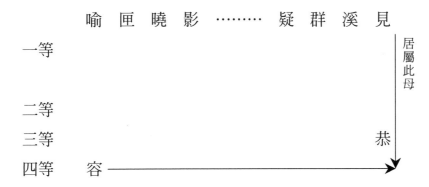

《等子》又舉「居悚切拱」爲例，反切下字「悚」見鍾韻齒音心母四字，
本字「拱」見牙音見母三等，則亦違於音和矣，是故必「於本母下三等求之」，
如圖所示：

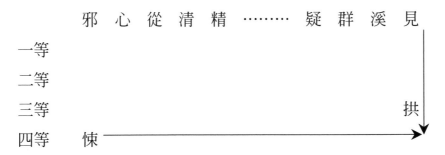

至於〈玉鑰匙〉以「去羊切羌」爲例，反切下字「羊」爲陽韻喻母四等，
本字「羌」爲牙音溪母三等。又舉「許由切休」之例，反切下字「由」屬尤韻
喻母四等，本字「休」屬喉音曉母三等；皆以置四等位之反切下字切居三等之
字，故必「於本母下三等求之」也。

所謂「第四等字少，第三等字多」爲韻圖之另一種現象，與本題無關。〈玉
鑰匙〉所列侷狹諸韻較等子多一「麻」韻，董同龢云：「其實麻韻也可以不要的，
〈玉鑰匙〉只怕是『彌也切』的『乜』字當在三等，才算上他。」按「乜」字

《四聲等子》、《切韻指南》、《指掌圖》並入假攝四等，其反切下字「也」見喻母四等（與「野」同音），《廣韻》以前韻書馬韻無「乜」字，當係後起。

《四聲等子》所舉「韻逢影、喻及齒頭、……」，其中影母〈玉鑰匙〉未列。董氏認《等子》「指侵、鹽二韻在四等之影母字而言……他們也可能做本韻三等唇牙喉音之反切下字，與精系、喻母同，不過我們沒有見到實例」又云：此影母字列於四等「是自有天地的，因爲他們都以喻母字爲反切下字。」此等影母字如侵韻「愔」挹淫切、鹽韻「懕」一鹽切、琰韻「黶」於琰切、艷韻「厭」於艷切、葉韻「魘」（等字作「壓」）於葉切，其反切下字均爲韻母四等字，在韻圖中恰爲「音和」。

董氏釋「侷狹」云：

> 東、鍾、陽、魚、蒸、尤、鹽、侵八韻的唇牙喉（除喻）音韻圖置三等，可是他們有用同韻而韻圖置四等的精系與喻母字作反切下字的，在這種情形下，反切下字雖在四等，所切之字卻要到三等去找。

簡言之，「通廣」即本字在四等位上，而以三等字爲反切下字者；「侷狹」即本字在三等，而用四等位上之字作反切下字者。

然而，此門法原爲解釋反切與韻圖之未能一致，所歸納之條例未必能盡善盡美，包容無遺。如緝韻「揖」字「伊入切」，置喉音影母四等位上，反切下字「入」屬日母三等，完全合於「凡唇、牙、喉下爲切」及「韻逢來、日、知、照」之條件，而《等子》條例中並未列入此韻之韻目。

（四）辨內外轉例

> 內轉者，唇、舌、牙、喉四音更無第二等字，唯齒音方具足。外轉者，五音四都都具足。今以深、曾、止、宕、果、遇、流、通括內轉六十七韻、江、山、梗、假、效、蟹、咸、臻括外轉一百三十九韻。

《等子》此例之敘述極爲明白，凡內轉諸攝皆無獨立二等韻，只齒音有三等侵入之莊系字，外轉諸攝則具有獨立之二等韻。

韻圖中正齒音「莊、初、崇、生、俟」有自三等侵入二等之情形，說已見前例。然莊系字變入三等韻之歷史較淺，故韻書以之爲其他三等字反切下字之例極少，董同龢曾列舉《廣韻》、《集韻》僅見之二例：「良士切里」、「矣殊切熊」。

反切下字「士」見止韻齒音崇母二等，其本字「里」則屬來母三等，遂背於音
和矣；反切下字「殊」見蒸韻齒音生母二等，而本字「熊」見東韻喻母三等（與
「雄」同音，《韻鏡》、《七音略》置匣母三等，蓋據集韻胡弓切一音），遂背於
音和矣。「內外轉例」之設當以此故。

〈玉鑰匙〉云：

> 內外者，謂唇、牙、喉、舌、來，日下爲切，韻逢照一，內轉切三，
>
> 外轉切二，故曰內外，如古雙切江，矣殊切熊之類是也。

所謂「外轉切二」者，因外轉之二等莊系字爲眞正之二等字，以之作其他同韻
二等字之反切下字，皆爲音和。所謂「內轉切三」者，謂內轉三等韻之莊系字
雖居二等，實與本韻字在三等者同韻類（三等而置四等之精系、喻母，韻書無
以莊系字作其反切下字者），故凡莊系字作本韻唇、牙、喉、舌、來、日諸母字
之反切下字，其本字均見於三等，遂悖於音和矣。

本門法之主要對象實爲「內轉切三」，亦即二等切三者，至於外轉、本字、
切字俱在同等，無需門法再加說明。〈玉鑰匙〉所舉「古雙切江」之例，反切下
字「雙」字見江韻齒音生母二等，本字見牙音見母二等，同爲二等，乃音和也，
何需贅立條例說明耶？故「外轉切二」實僅用爲陪襯者也。

歷來論內外轉者，異說紛紜，莫衷一是。其中袁子讓《字學元元》、呂維祺
《音韻明燈》皆以收音爲內，發音爲外；戴震《聲類考》，鄒漢勛《五均論旨》
以合口爲內，開口爲外；方以智《切韻聲原》引邵子衍說，以翕音爲內，闢音
爲外；釋宗常《切韻正音經緯圖》以闢音爲內，翕音爲外；日人毛利貞齋《韻
鏡秘訣袖中鈔》、日釋盛典《韻鏡易解》以吸音爲內，以呼音爲外；日人湯淺重
慶《韻鏡問答鈔》（大矢透韻鏡考引）、河野通清《韻鑑古義》標注以舌縮爲內，
舌舒爲外；日釋文雄《磨光韻鏡索隱》則以旋於口內者爲內、旋於口外者爲外。

以上諸說皆言之無據，難以服人，羅常培云：

> 稽之宋元等韻諸圖，內轉不皆收聲（三等），外轉不皆發聲（二等），
>
> 則袁子讓、呂維祺之說不可通；內外轉各有開合或闢翕，則戴震、
>
> 鄒漢勛、商克、方以智、釋宗常之說不可通；至於吸音、呼音、舌
>
> 縮、舌舒、內旋、外旋之類，尤嫌玄而不實，難以質言；要皆未能
>
> 豁然貫通，怡然理順也。

亦有抱闕疑不論之態度者，如勞乃宜《等韻一得外篇》云：

> 參互推求，每多齟齬，無從窺其條理。

陳澧《切韻考外篇》卷三云：

> 內轉、外轉但分四等字之全與不全，與審音無涉，宜置之不論。

內、外轉之所以難決，早期韻圖劃分界限未能一致殆爲主因，其相異者如下：

1. 《七音略》十三圖、慶長十三年本《韻鏡》十三圖均注爲「內轉」，而《等子》、《指南》均爲「外轉」，此蟹攝之不合也。

2. 寬永五年本及元祿九年本《韻鏡》十七、十八、十九、二十轉注明爲「內轉」，而《等子》、《指南》均爲「外轉」，此臻攝之不合也。

3. 嘉吉元年本《韻鏡》二十七圖歌韻注明爲「外轉」，而《等子》與《指南》均爲「內轉」，此果攝之不合也。

4. 嘉吉元年本、享祿元年本、享祿七年本、寬永十八年本、慶長十三年本《韻鏡》二十九圖均注明爲「內轉」，而《等子》與《指南》均爲「外轉」，此假攝之不合也。（《韻鏡》二十九、三十兩轉有十三本皆作外轉；有五本前者爲內轉、後者屬外轉；有一本前者爲外轉，後者爲內轉。）

5. 《七音略》三十七圖注明爲「內轉」，《等子》與《指南》均爲「外轉」，此梗攝之不合也。

如此不一致之現象殆有二因：其一，《七音略》與《韻鏡》屬早期韻圖，於門法體例之歸納及研究尚在早期階段，故未能精密，各人之看法、見解均有不同，今傳之各本，其所據之底本已未能一致也。其二、流傳既久，輾轉傳鈔刻印，難免有誤。

併轉爲攝以後之宋元韻圖以《四聲等子》爲最早，其收錄前人有關門法之條文，必以併轉爲攝以後之現象復加參核考訂，使其更合於實際之情況，其後《切韻指南》之內、外分配承襲不改，亦即確定內轉、外轉之界限爲合理者也。故說內、外轉者，各攝所屬之類實不容輕易變更也。

羅常培《釋內外轉》一文認內、外轉之別在主要元音之弇侈，其說云：

> 內轉者，皆含有後元音【u】、【o】，中元音【ə】及前高元音【i】、【e】之韻；外轉者，皆含有前元音【e】、【ε】、【æ】、【a】，中元音【ɐ】及後低元音【ɑ】、【ɔ】之韻。

內轉之發音部位較後而高，後則舌縮，高則口弇，故謂之「內」；外轉之發音部位較前而低，前則舌舒，低則口侈，故謂之「外」，羅氏此說主要根據：

（一）高本漢所擬定之各韻音值，復加以歸納。

（二）江永《古韻標準》嘗云：

二十一侵至二十九凡，詞家謂之閉口音，顧氏合爲一部。愚謂此九韻與眞至仙十四韻相似，當以音之「後」、「弇」分爲兩部。神珙等韻分深攝爲內轉，咸攝爲外轉，是也。

（三）日人大矢透等人舌縮、舌舒之説。

（四）嘉吉本《韻鏡》第二十七圖歌韻作外轉。

於是，羅氏爲配合其說，乃變更內外轉之分類，以「通、止、遇、曾、流、深、臻」七攝爲內轉；「果、假、宕、江、蟹、效、山、咸、梗」九攝爲外轉。亦即將「果、宕」二攝由內移爲外，將「臻」攝由外移爲內。

張世祿亦主張以元音分別內外轉，其《中國音韻學史》云：

其實在初期的等韻書上，內外轉的分別卻是關於各圖間分合問題之一個重要標準；大概他們依據切韻的音讀系統來分轉列圖，不能不較爲詳密：第一種的分別標準，就是依照韻素當中收尾音的差異；第二種的標準，又是依照元音唇的形狀來分別「開口」、「合口」；第三種標準，就是依照韻素當中主要元音舌體的位置來分別「內轉」、「外轉」。

周法高氏「論上古音和切韻音」一文亦主張以主要元音之性質分別內、外。然內容與羅氏有異：其以長低元音之韻母歸入外轉，以具有短高元音之韻母歸入內轉。並云所以知內轉有短元音，外轉有長元音者，乃從今之廣州音所得之啓示。其所變更《等子》之內、外轉分配與羅氏同。

王靜如對羅氏據《切韻》時代之音值以改唐宋等韻圖中之內、外轉，不表贊同，然其亦認內、外轉當以主要元音之弇侈而分，因改擬唐宋時之音值，以求合於《等子》內、外轉各八攝之舊說。彼以內轉爲具後元音【u】、【o】、【ɒ】及前閉元音【e】、【i】；外轉則有前開元音【a】、【ɛ】中開元音【ɐ】、【ə】及後開之【ɑ】。並解釋內者，以舌位距上腭較近、較後及口腔較閉之元音爲限；以其音較向口內，故曰「內」。外者，以舌位距上腭較前，較遠及口腔較開之元音

爲宗；以其音多向外出，故名「外」。

高師仲華「嘉吉元年本韻鏡跋」中，亦以主要元音分別內、外轉。文云：

> 內轉之主要元音爲前元音【i】、【e】中元音【ə】後元音【u】、【o】、
> 【ɔ】、【ɒ】等；外轉之主要元音爲後元音【a】中元音【ɜ】、【ɐ】、【A】
> 前元音【e】、【ɛ】、【æ】、【a】等。

又云：

> ……舌距上腭較近，口腔之共鳴器較窄較小，音轉於內，故稱內
> 轉；……舌距上腭較遠，口腔之共鳴器較寬較大，音轉於外，故稱
> 外轉。其中唯【e】及【ə】適在內外轉之間，大體【e】及【ə】與
> 韻頭【i-】、韻尾【-u】【-m】【-ŋ】結合者，多爲外轉。蓋前者音
> 弇而後者音侈之故也。

至於各攝內、外轉之分佈大體與《等子》同，僅果、假二攝同時具有內、外，
高師以音變以說明之。

近代學者主張內、外之分與音有關者，已如上述。然《等子》以及《切韻
指南》之門法均明言內外轉實因韻圖之排列關係而設。《等子》之九條門法，〈玉
鑰匙〉之十三條門法，所論無不爲反切與韻圖格式之問題。董同龢《等韻門法
通釋》云：

> （一）內轉與外轉之內容不容更換，因其所據之材料本身實有問題
> （寧按：指切語與韻圖不合，故本門法有其必要）；並且「深、曾、
> 止、宕、果、遇、通、流」恰爲六十七韻，「江、山、梗、假、效、
> 蟹、咸、臻」恰爲一百三十九韻，足證韻圖與門法不誤。（二）內轉
> 之莊系字獨居三等應居之外，而所切之字又在三等之內，故名內；
> 外轉莊系字相反，故名外，等韻家命名本不科學，此門又稱「內三
> 外二」可參考（寧按：即「內轉切三，外轉切二」之意）。

近杜其容氏《釋內外轉名義》一文復據《四聲等子》辨例之說而加以補充。首
將韻圖中所見內、外轉之特徵統計歸納，得如下之結論：

> 凡韻圖註明內轉者，當謂所有在二等或四等之字悉內轉讀三等
> 音。……內外轉之名，係爲區分二、四等字之屬三等韻或二、四等
> 韻而設立。三等居二、四等之內，故二、四等字之屬三等韻者謂之

內轉，而屬二、四等韻者相對謂之外轉。

又云：

> 轉即遞轉、配合之意，在悉曇為十二元音與各輔音相配合，在此則
> 是聲母與韻母之縱橫交迕。

（五）辨窠切門

> 知母第三為切，韻逢精等、影、喻第四，並切第三等是也（如中遙
> 切朝字）。

三等韻之知系字韻圖列三等；而精系、喻母則列四等，如遇有知系字以精系、
喻母字作反切下字者，則本字並不與反切下字同在四等，而需於知系字所居之
三等找尋之，此即「窠切門」也。《等子》舉「中遙切朝」為例，反切下字「遙」
見宵韻喻母四等，而其所切之「朝」則在舌音知母三等，遂不合於「音和」矣，
故依此條例，需於三等上尋「朝」字。茲以圖表之：

〈玉鑰匙〉釋此例云：「窠切者，謂知等第三為切，韻逢精等、影、喻第四，
並切第三，為不離知等第三之本窠也，故曰窠切。如涉遙切朝字，直猷切儔字
之類是也。」較之《四聲等子》更為明白。其例「涉遙切朝」與《等子》「中遙
切朝」同，蓋「涉、中」皆屬知母也。又「直猷切儔」之例，其反切下字「猷」
字與「由」同音，見尤韻喻母四等，本字「儔」見舌音澄母三等，亦不合於「音
和」，故立此門法於三等求本字也。

至於影母字原具備四等，《等子》與〈玉鑰匙〉本例皆列有影母。此蓋指廣
通諸韻之影母字而言，廣通諸韻之唇、牙、喉音韻圖置四等，與知系三等字亦
可發生「窠切」之關係。特韻書中僅廣通諸韻之影母字作知系字之反切下字，
故僅稱影母而不泛稱唇牙喉。如《廣韻》「竹恚切娷」，反切下字「恚」見寘韻
影母四等，本字「娷」見知母三等，以四等切三等，遂又違於音和矣。又如「直

一切秩」，反切下字「一」見質韻影母四等，本字「秩」見舌音澄母三等，亦違於音和，凡此類以置於四等之影母切三等知母者，即屬「窠切門」也。

《廣韻》薛韻有「陟列切哲」之例，反切下字「列」《韻鏡》置二十一轉來母四等，而本字「哲」則爲二十三轉舌音知母三等，似來母亦有「窠切」之現象。然考「列」字《韻鏡》與二十三轉「烈」字重出，二字同爲良薛切，《七音略》四等亦無此「列」字，故當刪除。《四聲等子》蟹攝「列」字正置於來母三等。

又《廣韻》麻韻有「陟邪切爹」之例，反切下字「邪」見齒音邪母四等，而反切上字「陟」爲知母，例不見於四等，此字豈麻韻之三等字耶？似亦屬「窠切」之例。然《切韻》系韻書皆無麻韻三等知系字，而「爹」字《韻鏡》、《四聲等子》皆置於四等，當爲端母字，今方言亦皆讀爲端母。高師仲華《四聲等子之研究》一文云：

> 此字今所見唐人寫本韻書殘卷及故宮王韻皆無之，《大廣益會玉篇》有此字，未必爲梁顧野王之舊，或唐孫強、釋慧力、趙利正及宋陳彭年等所增益，廣韻訓此字爲「羌人呼父也」，可見其爲受外來語影響而後增者，然增益時當在唐宋之間，其時「陟」字猶讀舌頭音，爲端母字，而非知母字，故韻鏡列於四等，而不列於三等也。

董氏《等韻門法通釋》云：

> 《等子》與《指掌圖》之門法沒有說他，是因爲他們那時還沒有這個字（《等子》與《指掌圖》的門法來源比本圖要早）。

故此字實爲類隔之現象，釋眞空爲此特立「麻韻不定之切」以說明之。

（六）辨振救門

> 精等五母下爲切，韻逢諸母第三，並切第四，是爲振救門法例（如蒼憂切秋字）。

所謂振救者，凡三等韻之精系字韻圖列四等，而與其同韻之字又大部在三等，遇精系字以置三等之字爲反切下字時，則所切之字必於四等求之。《等子》以「蒼憂切秋」爲例，反切下字「憂」見尤韻影母三等（與「優」同音），本字「秋」見齒音清母四等，以三等切四等，違於音和，故制此門法以說明也。《廣韻》

「秋」七由切，反切下字「由」見喻母四等，則是音和矣。茲以圖表示如下：

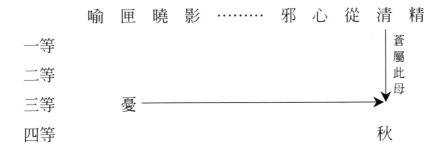

〈玉鑰匙〉釋「振救」云：

> 振救者，謂不問輕重等第，但是精等字爲切，韻逢諸母第三，並切
> 第四，是振救門。振者舉也、整也。救者，護也。爲舉其綱領，能
> 整三、四，救護精等之位也，故曰振救。如私兆切小字，詳邐切似
> 字之類是也。

其例「私兆切小」，反切下字「兆」見小韻舌音澄母三等，本字「小」見齒音心
母四等，以三切四，遂不合於音和矣。又「詳邐切似」，反切下字「邐」或作
「里」，見止韻來母三等，本字「似」見齒音邪母四等，以三等切四等，亦不合
於音和矣。此本門法之所以設也。

董同龢云：

> 振救門不云「韻逢知、照、來、日」，而泛言「諸母第三」乃因在侷
> 狹諸韻之脣、牙、喉音排在三等，他們亦做精系字之反切下字。

董氏以「息弓切嵩」爲例，反切下字「弓」見東韻牙音見母三等，本字「嵩」
見齒音心母四等，以三切四，亦違於音和也。

高師仲華云：

> 立韻圖者強將精系字置於四等，以免與照系三等字爭位。此之謂振
> 救，乃振救韻圖之失耳，非振救反切之失也。

（七）辨正音憑切寄韻門法例

> 照等五母下爲切，切逢第二，韻逢二、三、四，並切第二，名「正
> 音憑切門」（如鄒靴切髽字）。切逢第一，韻逢第二，只切第一，名
> 「互用門憑切」。切逢第三，韻逢一、三、四，並切第三，是「寄韻
> 憑切門」。單喻母下爲切，切逢第四，韻逢第三，並切第四，是「喻

下憑切門」。文日母下第三爲切，韻逢一、二、四，便切第三，是「日
母寄韻門法」。

《四聲等子》分本門法爲五條目：

1. 正音憑切門

韻圖凡三等韻之莊系字皆列於二等，而同韻之他母字則見於三等位或四等
位，如莊系字以別系字爲反切下字，則本字需於二等中方可求得。此即正音憑
切門。如「鄒靴切髽」，反切下字「靴」見戈韻曉母三等，本字「髽」見麻韻齒
音莊母二等，以三切二，遂違於音和矣。故立此門法以說明之。然《等子》此
例「靴」與「髽」所見之韻不同，以之爲例，不甚恰當。如《廣韻》之「莊華
切髽」，「華」與「髽」皆屬麻韻，如此乃可。

〈玉鑰匙〉亦有正音憑切之說：

> 正音憑切者，謂照等第一爲切（即四等中之第二也），韻逢諸母三四，
> 並切照一，爲正齒中憑切也，故曰正音憑切。如楚居切初字，側鳩
> 切謅字之類是也。

此以「楚居切初」爲例，反切下字「居」屬魚韻牙音見母三等，本字「初」見
齒音初母二等，以三切二，遂不合於音和矣。又以「側鳩切鄒」爲例，反切下
字「鳩」見尤韻牙音見母三等，本字「鄒」見齒音莊母二等，以三切二，又不
合於音和矣，故立本門法以說明也。

2. 互用憑切門

《等子》稱「互用門憑切」者，誤也，「門」字當移於下。此門即《切韻指
南》之「精照互用門」：

> 精照互用者，謂但是精等字爲切，韻逢諸母第二，只切照一字；照
> 等第一爲切，韻逢諸母第一，卻切精一字，故曰精照互用。如士垢
> 切鯫字；則減切斬之類是也。

其說解較《等子》爲詳。考精系字例不出現於二等韻，莊系字例不出現於一等
韻；然韻書之反切有以精系字切二等韻者，亦有莊系字切一等韻者，韻圖則從
實際情況，以前者列莊系之地位，後者列精系之地位。因此，凡遇此類切語，
其反切下字爲一等，雖反切上字爲莊系，亦需於一等中求之；反之，如反切下
字屬二等字，雖反切上字爲精系，亦必需於二等中求之。

《等子》未舉例，《指南》以「士垢切鯫」爲例，反切下字「垢」見厚韻牙音見母一等（與「苟」同音），反切上字「士」爲齒音崇母（牀二）二等，此以莊系字切一等者也，莊系雖不出現於一等，亦需於一等中求「鯫」字。

又「則減切斬」，反切下字「減」見鹻韻牙音見母二等（與「鹼」同音），反切上字「則」爲齒音精母一等，此以精系字切二等者也，精系雖例不出現於二等，亦需於二等中求「斬」字。此類現象實爲語音變化之結果，非造反切時即如此也。

3. 寄韻憑切門

凡反切上字屬章系三等，反切下字不論爲一等、三等、或四等，本字應在三等尋之。《等子》本例甚簡略，亦未舉例。考《廣韻》咍韻有「犲」字昌來切；海韻有「茝」字昌紿切；其反切上字皆屬三等章系字，依韻書通例不當出現於一等之「咍、海」韻中。韻圖均置此二字於三等，則此二字或原爲咍、海二韻之三等字，因字少而借一等之「來」與「紿」爲反切下字者耶？董同龢嘗指出戈韻亦有類似情況，即「靴」字雖以一等之「戈」爲反切下字，而實爲三等音也。

龍宇純氏《韻鏡校注》則以「犲」、「茝」二字爲祭韻之平、上聲字，因字少而寄附於咍、海韻者。

高師仲華《四聲等子之研究》一文云：

> 昌來切之「犲」本與倉才切之「猜」同音，或以「昌」、「倉」音近，改以「昌」代「倉」，遂誤衍爲二切，編韻書者不知，並入於咍韻中；編韻圖者不知其然，以「來」字雖爲一等韻，然一等位中已有清母之「猜」字，乃將「犲」字依其反切上字，改置三等，其實「犲」字非三等也。故云「寄韻憑切」。

又云：

> 昌紿切之「茝」字本與倉宰切之「采」字同音，或以「昌」、「倉」音近，改以「昌」代「倉」，遂誤衍爲二切，編韻書者不知，並入於海韻之中，編韻圖者又不知其然，以「紿」字雖爲一等韻，然一等位中已有清母之「采」字，乃將「茝」字依其反切上字，改置三等，以與平聲之「犲」字相應，其實「茝」字亦非三等也。

上述各家之說，無論何者較爲近實，就韻圖之地位而言此二字確與其切語非「音和」無疑。茲以圖表示之：

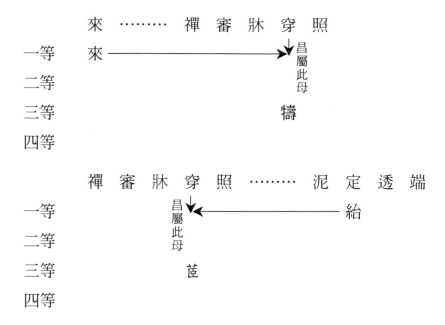

〈玉鑰匙〉亦有寄韻憑切門云：

> 寄韻憑切者，謂照等第二爲切（即四等中第三也），韻逢一四，並切
> 照二，言雖寄於別韻，只憑爲切之等也，故曰寄韻憑切，如昌來切
> 犓字、昌紿切茝字之類是也。

此所云「韻逢一四」，並未列舉寄於四等之字，董同龢認其所指乃三等章系字以精系、喻母或其他侵入四等之字爲其反切下字者，亦即以四等切三等者，如「充自切痓」、「職容切鍾」、「尺絹切釧」是也。

又《集韻》咍韻有「逝來切栘」之例，反切下字「來」爲一等，「栘」《韻鏡》置齒音禪母三等，亦合此門法。

4. 喻下憑切門

喻母反切有「云」、「以」二類，韻圖以前者置三等，後者置四等。如反切上字爲喻母四等，反切下字爲三等字，本字需於四等求之。等子本門未舉例，〈玉鑰匙〉云：

> 喻下憑切者，謂單喻母下三等爲覆，四等爲仰，仰覆之間，只憑爲
> 切之等也。故曰喻下憑切，如余招切遙、于聿切颭字之類是也。

其例「余招切遙」之反切下字「招」見宥韻齒音章母三等（與「昭」同音），本

字「遙」見喻母四等，即以三等切四等也。「于聿切颭」之反切下字「聿」見術韻喻母四等，本字「颭」見喻母三等，以四等切三等，此皆不合於「音和」之原理也。董同龢云：

> 喻（以）母不隨三等之反切下字列三等，而在四等；于母（云）不隨在四等之反切下字列四等，而在三等。等第不隨下字而視上字爲定，故可得「憑切」之名。

《四聲等子》喻母字有列於一、二等者，或音變之故。如效攝「猇」置二等；過攝「侉」置一等；蟹攝「頤」、「佁」皆置一等；果攝「諤」置一等；曾攝「翃」置一等；曾攝「䭓」置二等；咸攝「詁」並見於一、二等。此類現象，門法均未提及，由此可知《等子》門法之來源更早於韻圖本身也。

5. 日母寄韻門法

日母字僅見於三等韻，然其反切下字有借自一、二、四等者，則其本字總需於三等求之。

《等子》本門法未舉例，〈玉鑰匙〉云：

> 日寄憑切者，謂日母下第三爲切，韻逢一、二、四，並切第三。故曰日寄憑切。如汝來切荋字，儒華切捼字，如延切然字之類是也。

其例「汝來切荋」之反切下字「來」屬咍韻來母一等，而本字「荋」爲日母三等，切韻之日母例不出現於一等，故此字當爲咍韻之三等音。以一等切三等，不合「音和」，故立本門法以說明也。

又「儒華切捼」，反切下字「華」見麻韻匣母二等，本字「捼」《廣韻》三見：一爲脂韻「儒佳切」，一爲灰韻「乃回切」，一爲戈韻「奴禾切」；無麻韻一讀。《集韻》有之，音「儒邪切」，爲三等字也。以二等切三等，亦違於音和。然《等子》果攝麻韻日母無此字。《指南》此音乃據《五音集韻》所增者。

以上三例正分別代表四聲等子「韻逢一二四，便切第三」之一、二、四，而其所切之字正爲第三也。然而，日母字之反切與韻圖尚有甚多不相合者，此門法之所未及也，茲列舉於次：

《廣韻》海韻有「如亥切疓」，反切下字「亥」爲匣母一等字，本字「疓」《韻鏡》、《七音略》亦見一等。日母字不應在一等，董氏以之爲咍韻三等字，然《等子》蟹攝三等亦不見此字。

　　《廣韻》齊韻「臡」字人兮切，反切下字「兮」見匣母四等，本字「臡」《七音略》、《韻鏡》均見四等。日母不當在四等，董氏以之為一等之寄韻。《等子》無此字。

　　《廣韻》準韻「蝡，而允切」，反切下字「允」為三等，而《韻鏡》置本字「蝡」於四等，以三切四，違於音和。考「蝡」字與三等「軬」而尹切當為同音字，《集韻》二字同為「乳尹切」是其證。《韻鏡》此字乃誤增，《等子》正置之於臻攝三等。

　　《廣韻》鎋韻「髻，而鎋切」，反切下字「鎋」見匣母二等，《韻鏡》本字「髻」亦見二等，日母例無二等，《玉篇》此字音「女鎋切」，當屬泥母，《七音略》、《四聲等子》無此字。

　　《廣韻》薛韻「熱，如列切」，反切下字「列」為三等，本字「熱」《韻鏡》二十一轉置四等，四等例無日母字，此與二十三轉三等重出，當刪，《七音略》此亦無字。

　　《廣韻》獮韻「輭，而兗切」，反切下字「兗」韻鏡二十二轉見四等，日母例無四等，考《韻鏡》二十四轉日母三等有「腰」字，與「輭」同音。「輭」字重出當刪。

　　《廣韻》琰韻「苒，而琰切」，反切下字「琰」屬三等，而《韻鏡》置本字「苒」於日母四等，日母例無四等，考「苒」與「冉」同音，日母三等已有「冉」字，此當係誤增。

　　《廣韻》豔韻「染，而豔切」，反切下字「豔」屬三等，而本字「染」《韻鏡》四十轉見於四等，日母例無四等，考三十九轉日母三等已有此字，四十轉當係誤增者。《四聲等子》此字正見於三等。

　　《等子》曾攝靜韻日母四等又有「𩏩」字，《廣韻》靜韻無此字，《集韻》此字音「如穎切」。日母例無四等，然《四聲等子》三、四等音已混淆不分，作者雖極力維持傳統之排列，而安置此類後增字時，仍難免顯露實際語音併合之痕迹。

（八）辨雙聲切字例

　　謂如和會二字為切，同歸一母，只是會字，更無切也，故號曰雙聲，
　　如章灼切灼字、良略切略字是也。

反切者，合二字之音，以爲一音節也。反切上字取其與本字發聲相同，不論其收音之四聲。反切下字取其與本字收音相同，不論發聲之清濁。而此所舉之例「和會」、「章灼」、「良略」反切上、下字均同聲母；實非「雙聲」之本義也。蓋「雙聲」者，但反切上字與本字雙聲，如此即足以表達字音，無需涉及下字之發聲屬何母也。

（九）辨疊韻切字例

　　謂如商量二字爲切，同出一韻，只是商字，更無切也，故號曰疊韻。

　　如灼略切灼字、章良切章字之類是也。

反切上字之功能在表達字音之發聲，其韻母是否與所求之字相同則不問也。而等子所列舉之例「商量」、「灼略」、「章良」之反切上字亦與本字爲疊韻，此亦誤解「疊韻」之本義也。疊韻者，但其反切下字與本字疊韻即可。

第二章 《四聲等子》之語音系統

第一節 《四聲等子》聲母研究

《四聲等子》之聲母標目為當時通行之三十六字母。三十六字母之來源如何？是否即《等子》之實際聲母系統？欲明瞭此問題，必先考索聲目產生之始末。

自反切產生、韻書通行之後，學者漸悟及雙聲疊韻之理，雙聲之原理既明，於是乃歸納各字之發聲，製定字母表之，以作聲紐之標目。林師景伊《中國聲韻學通論》云：「隋唐以前，稱發音相同者曰雙聲，未嘗有聲目之立也，聲目之剏，蓋始乎釋氏之依倣印度文字。」

玄應《一切經音義》載《大般涅槃經》文字品，有字音十四字：「哀、阿、壹、伊、塢、烏、理、釐、黳、藹、污、奧、菴、惡」比聲二十五字；「迦、呿、伽、𡅏、俄、遮、車、闍、膳、若、吒、咃、茶、咤、拏、多、他、陀、馱、那、波、頗、婆、婆去、摩」又超聲八字「虵、邏、縛、羅、奢、沙、娑、呵」。所謂「字音」者，即韻母也；「比聲」、「超聲」者，捐聲母也。以之與三十六字母比較，未能相合，蓋所據乃梵音也。當時學者由分析梵音，進而依本國之語音加以分析。然初期之析音未趨精密，可分者未必盡分，同時分類亦受梵文之影響。元刊本《玉篇》有〈切字要法〉如下：

一因煙	二人然	三新鮮	四餳涎	五迎妍	六零連
七清千	八賓邊	九經堅	十神禪	秦前	寧年
寅延	眞甗	娉偏	亭田	陳纏	平便
擎虔	輕牽	稱燀	丁顚	興掀	汀天
精箋	民眠	聲羶	刑賢	（四字無文）	

此僅排比雙聲之字，未訂聲母紐目，其產生當在唐末守溫字母之前。與三十六字母比較，缺「知、徹、牀、娘、非、敷、奉、微」八紐。按舌上音知系字乃由上古舌頭音分化而出者，從切韻之反切上字可知此項分化至六朝已大致完成。〈切字要法〉何以缺之邪？據張世祿之考證，〈切字要法〉之二十八類與缺字之二類（注明「四字無文」）實依倣藏文三十字母而來。藏文字又爲採擇梵文字母，合之西藏語音所製。注明「四字無文」乃指藏文所有而中華所無之音。至於中華所有，於藏文三十字母中，僅二十八類，較之三十六字，所缺正爲「知、徹、澄、娘、非、敷、奉、微」八類。〈切字要法〉有「陳、纏」二字屬澄母，實即替代牀母者。吳稚暉《國音沿革·序》云：「切字要法之有澄無牀，實即有牀而無澄，亦即完全無知徹澄娘」。

　　呂介孺《同文鐸》云：「大唐舍利刱字母三十，後溫首座益以『孃、牀、幫、滂、微、奉』六母，是爲三十六母」近燉煌石室發現《守溫韻學殘卷》，所載字母數衹三十：

　　唇音　不芳並明
　　舌音　端透定泥是舌頭音　知徹澄日是舌上音
　　牙音　見溪群來疑等字是也
　　齒音　精清從是齒頭音　審穿禪照是正齒音
　　喉音　心邪曉是喉中音清　匣喻影是喉中音濁

燉煌寫本中，又有「歸三十字母例」標目與三十字母全同，標目下各舉四例字，例字多與切字要法同，當係參照切字要法而作。

　　守溫其人生平不明，《韻學殘卷》署有「南梁漢比丘守溫述」，「南梁」爲地名抑朝代名已不可得知，然相傳守溫爲唐末沙門，大致可信。三十字母究爲守溫所訂抑舍利所刱，並非重要問題，而三十字母之產生於唐代，且依梵藏文而來則可斷言。其與三十六字母之不同如下：

（一）三十字母不可分輕脣與重脣。由切韻反切之脣音類隔現象，可知切韻時代輕脣音「非、敷、奉、微」尚未產生，據羅常培《唐五代西北方音》一書之考證，唐代脣音聲母已漸生分化。又張世祿《國語上輕脣音的演化》一文云：

> 《守溫韻學殘卷》裡已明白指明韻書上的切語有很多不合當時語音
> 演變之實際，而名之曰類隔切。從這個類隔切的名目上，我們在脣
> 音方面就可以推斷輕重脣音兩組的分化，當守溫初作守母時，已經
> 有顯著離析的現象。

三十字母之所以未分輕、重脣者，其可能性有二：其一，受梵藏字母無輕脣音之影響。其二，受輕脣音尚未分化之方言影響。而「非敷奉微」與「幫滂並明」之並列，當在唐五代之際，根據已分化之脣音聲母而添加者。故三十六字母之產生，當亦在此時也。理論上言，學者對語音有意識之整理與製訂，必待此語音現象發聲若干時日之後，故新紐目之增訂，總應遲於聲母分化之事實，唐代已有輕脣音之發生，而所通行者仍爲三十字母，三十六字母之增訂必至唐五代之際即以此故。陳澧《切韻考・外篇》云：

> 字母之三十六字，必唐時五方音讀皆不訛，故擇取以爲標準也。⋯⋯
> 三十六字母者，唐末之音也。

（二）三十字母無娘母。董同龢以「泥、娘」實爲一母，二者純爲形式上之分別。然三十六字母既分之，《切韻》反切上字之系聯亦截然不混。其中三等韻僅有「奴、乃、那、諾、內、妳」類，二等則兩類並見。由此可推測三等之「女」類實受介音[j]之顎化而使其發音部位稍後。二等韻中之少數「女」類反切，高本漢認爲鼻音後之[j]已開始從三等蔓延至二等故也。因此，「泥、娘」之分乃音值上之差異，並無音位上之區分。三十字母不分，三十六字母分之，洪武正韻又不分，此皆審音觀點之問題耳。

（三）三十字母有禪無牀。「歸三十字母例」中，「禪」母之下四字例：「乘、神」二字屬牀母三等字，「常、諶」二字屬禪母，可知三十字母之系統「禪、牀」實爲一母。《切韻》音值牀母屬濁塞擦音[dẓ′]與[dʒ′]，禪母屬濁擦音[ʐ]。現代方言中，此二母之分類界線異常混亂。如國語牀母之「食、實、繩、神、示」今讀爲擦音；禪母之「成、城、盛、丞、承、嘗、常、臣、殖、植、酬」今讀爲塞擦音。高本漢《中國音韻學研究》云：

> 唐代之聲系無牀母，也可用一個很自然的方法來解釋，Maspero 舉
> 了好多的例，證明牀與禪從很古的時候就分得不大清，在現代方言
> 中，也可以看出漢語對於濁摩擦音跟濁塞擦音不大會分的，例如上
> 海話的[dz]與[z]就混而不分，我相信中古漢語與三十字母作者之讀
> 音是不分牀禪的，而在反切的作者跟更近一點的音韻學家就把它們
> 分開了。不過，它們往往有些不一致的毛病罷了。

三十六字母於唐末之際成立後，爲宋代之等韻學者所沿用，而未按宋代之實際
音讀加以改併，其理由即前所云：新紐目之增訂改動，總應遲於聲母演變之事
實。此亦人類之保守性使然。三十六字母雖不能代表宋代之聲母音讀，其產生
卻有眞實之語音依據。劉復〈守溫三十六字母排列法之研究〉一文云：

> 這三十六字，一定是當時所有的音，一定是個個有分別的，而且這
> 三十六字，能夠流傳到現在，在當時至少必定得到了若干學者的承
> 認，而要得到承認，它所代表的音，又當然是較爲普遍的，絕不能
> 是十分偏僻的。

三十六字母所據之語音即唐五代一般之音讀也。切韻時代「照二」、「照三」兩
系聲母至此已併爲一類。喻母之三、四等亦不分。至於濁音聲母，三十六字母
中仍保存；據周祖謨〈汴洛語音考〉，北宋已發生濁音清化。然吾人亦無法斷定
若干變化較緩之方言已無保留濁音系統之可能。《四聲等子》沿襲三十六字母，
必三十六母與當時實際音讀相去不遠，至少當合於部分方言之實際情況。王力
《漢語史稿》云：

> 我們不能輕視三十六字母，正如我們不能輕視《平水韻》一樣。三
> 十六字母對於十卋紀到十二卋紀之間的聲母實際情況，基本上是符
> 合的。

《四聲等子》之時代正在十一世紀前後，故等子聲母系統擬測仍以三十六字母
爲據。其音值依發音部位分爲五項敘述於後，並以各方言比較其音讀及來源。

（一）見系

見、溪、群三母方言大部爲舌根音[k]、[k′]，一部份爲舌面前音[tɕ]、
[tɕ′]。

由其分配狀況可知：與[tɕ]、[tɕ′]相配之韻母均爲細音，[tɕ]、[tɕ′]二母

顯由顎化而成，其早期之來源亦當爲舌根音[k]、[k′]。群母字吳語音讀爲濁音，與見、溪有異，實古語之遺留也。群母現代方言多變爲清音，濁音清化爲音變之普遍現象。格林姆音變律（Grimm's Law）中，凡原始印歐語（Primitive Indo-European）之[b]、[d]、[g]，在早期日耳曼語（Pre-Germanic）中變爲[p]、[t]、[k]，又如拉丁語 dwo，英語變爲 two；希臘語之[ˊkannabis]變爲英語之 hemp（大麻）；拉丁語 genus 變爲英語 kin（親族）；此皆濁音清化之例也。

由此可擬定見母爲[k]，溪母爲[k′]，群母爲[g′]。群母字變至國語，凡平聲變爲送氣之[k′]、[tɕ′]，仄聲變爲不送氣之[k]、[tɕ]。

吳語之群母讀爲不送氣音[g]，今擬爲送氣者，可由蒙古譯音證之。蒙古以其送氣之[p′]、[t′]、[k′]代古漢語之濁塞音字，以不送氣之[b]、[d]、[g]代古漢語之不送氣清塞音字，可知其代替之重點在於送氣與否。

疑母字各方言有讀爲[ŋ]、[ȵ]、[n]、[ɣ]、[o]諸音者，疑母既與讀舌根音之「見、溪、群」配列，當亦爲舌根音[ŋ]，後世在[i]、[y]元音前發生顎化作用，而使發音部位前移。北京、河南等地有讀爲口音[ɣ]者，乃受元音之影響，軟顎關閉鼻腔與咽喉之通道，因而失落鼻音成分。大部分方言均失落[ŋ]，而成無聲母[o]，然介音常受影響而帶輕微之摩擦，變爲[j]、[w]。

（二）影系

影、喻二母各方言多無分別，均讀無聲母[o]，亦有少數方言受疑母字之類化，而讀爲鼻音。依聲目之排列，二者均屬喉音，其區別在何？高本漢據《康熙字典》所附之〈等韻切音指南〉，影母以空圈○表示（見母同之），喻母以半空圈表示◑（疑母同之）；則空圈與半空圈之區別，不盡爲清與濁，因爲屬清音之心母亦爲半空圈，故影母之來源當爲塞音，與見母同，喻母之來源則與疑母相似，無爆發之成分，故影母擬爲[喉塞音]，喻母擬爲[o]。

喉音之排列，《等子》一反傳統「影曉匣喻」之順序，而變爲「曉匣影喻」，《切韻指南》及《康熙字典》所附之〈切音指南〉同之。既以「影、喻」相鄰，考今方言二母又完全相同，是否《等子》此二母已類化爲無聲母耶？由《等子》歸字觀之，影喻相混者，僅遇攝一等「侉」字，本屬影母，《等子》置於喻母下。二母錯置之例既不多見，爲謹慎計，仍以分別二母爲妥。

曉、匣二母，方言多讀爲[x]與[ç]，而[ç]聲母僅見於細音前，顯由舌根清擦音[x]顎化而來。曉、匣之區別又何在耶？考吳語之匣母子均讀爲濁音，可知《等子》之曉母當擬爲[x]，匣母爲[ɣ]。

（三）知系字、照系字

現代方言此二系字已大部分無區別。其讀音大致分三類：

1. 捲舌音[tʂ]、[tʂ′]、[ʂ]
2. 舌面音[tç]、[tç′]、[ç]
3. 舌尖音[ts]、[ts′]、[s]

西安合口字讀爲唇音[pf]、[pf′]、[f]，屬特殊之變化。

韻圖之排列，「知徹澄」與「端透定」併行而列，同爲舌音。「照穿牀審禪」與「精清從心邪」併行而列，同爲齒音。就發者方法言，前者爲塞音，後者爲塞擦音與擦音，古代之分別亦當如此。

知、照二系字，方言可分別者唯閩語。其知系字讀音爲舌尖塞音[t]、[t′]，照系字讀爲[tʃ]、[tʃ′]、[ʃ]，照系字之早期音讀可據此擬爲舌尖面混合音[tʃ]、[tʃ′]、[ʃ]。後世方言如發音部位稍後則成舌面音[tç]、[tç′]、[ç]；稍前則成舌尖音[ts]、[ts′]、[s]；舌尖後與前硬顎接觸，則變爲[tʂ]、[tʂ′]、[ʂ]。

知系字既屬塞音，後世復易於混入照系字中，故其來源當爲舌面塞音[ȶ]、[ȶ′]。

知、照系中，「澄、牀、禪」三母字，由吳語可證其音讀帶濁音，可擬爲[ȡ′]、[dʒ′]、[ʒ]。

至於「泥、娘」二母各方言均爲舌尖鼻音[n]。古代分立爲二紐者，乃因娘母受[j]化之影響，部位近顎而已。

來母各方言均爲舌尖邊音[l]。少數方言與[n]混而不分。《等子》當擬爲[l]。

日母字各方言多讀爲捲舌音[ʐ]或[ɚ]，南方有讀爲[ȵ]或[n]者。考日母屬「次濁」，與「明、泥、娘、微、疑」等母同，故古代亦當具有鼻音之性質。董同龢以日母又屬七音之「半齒」，故推測其來源爲[ȵ]。周法高曾批評將日母擬爲[ȵ]，其說云：

> 有人將泥紐和娘紐合併，擬作 n；而把日紐擬作ȵ，和知ȶ、徹ȶ′、澄ȡ′相配。在音韻結構的分配方面是最不合理的了。因爲端透定泥諸

紐只出現在一等韻和四等韻；知徹澄娘諸紐只出現在二等韻和三等韻；日紐只出現在三等韻。

陳師伯元亦云：「若將日擬作n̠，與娘之讀作 nj，在音值上亦難區分。」故《等子》之日紐依高本漢擬為鼻塞擦音（Nasal Affricate）[n̠ʑ]，其演變如下：

n̠ʑ＞ʑ＞ʐ

（四）端系、精系

端系字各方言均為舌尖塞音[t]、[tʹ]，精系多為舌尖塞擦音與擦音[ts]、[tsʹ]、[s]。由吳語可知「定、從、邪」三母為濁聲母。故端系與精系可擬為：

t　tʹ　dʹ

ts　tsʹ　dzʹ　s　z

精系字之細音，部分方言顎化為舌面音[tɕ]、[tɕʹ]、[ɕ]，與見系之細音相同。

（五）幫系、非系

幫、滂、並、明四母現代方言讀為[p]、[pʹ]、[m]；非、敷、奉三母國語皆為[f]；微母大部分方言讀為零聲母[○]，亦有讀為[v]者。

由吳語可知並母為濁音，則幫系四母可擬作[p]、[pʹ]、[bʹ]、[m]。國語讀並母字，凡平聲變為[pʹ]，仄聲變為[p]。

非、敷、奉三母之分別何在？考奉母吳語為濁音[v]，非母屬全清，當為不送氣音；敷母為次清，當為送氣音，則三母古代為[f]、[fʹ]、[v]耶？然而各語族、各方言均無[f]、[fʹ]分別之例，就音理而言，擦音之性質極不適宜於區分送氣與不送氣。然則，非、敷之分別何在？馬伯樂（Maspero）認為「非、敷」之分，乃據其來源而分，一出自幫母，一出自滂母，其實際音值則無區別；高本漢則認為由滂母生出之[f]，較幫母生出者為強。二說皆未必合於事實。觀乎漢語聲母之演變，常以「塞音→塞擦音→擦音」之三段程式進行，因此吾人亦可推測雙唇塞音至脣齒擦音間，尚有一過渡階段，亦即脣齒塞擦音[pf]、[pfʹ]。塞擦音之區別送氣與不送氣為漢語之普遍現象，故「非、敷」之所以立為二紐，即為此而設也。如此[p]、[pʹ]直接變為脣齒擦音，則一俟其變，「非、敷」即已併為[f]，何需再立「非、敷」二紐耶？故「非、敷、奉」三母當擬為[pf]、[pfʹ]、[bvʹ]。此型式未保留於現代方言中，乃因其過程甚短，唐代輕脣音方逐漸產生，至北宋「非、敷、奉」已併為[f]矣（見周祖謨《宋代汴洛語音考》）。

微母字國語讀同喻母字，皆爲零聲母。然微母既與非系相配列，當爲發音部位相同之脣齒音。古代列爲「次濁」，與「明、泥、娘、疑、日」相同，當屬鼻音。今擬爲脣齒鼻音[ɱ]。後世大部分方言失落此聲母而成[○]，一部份方言變爲同部位之口音[v]，正如同[ŋ]有變爲[ɣ]者。

輕脣音四母宋代已併爲[f]、[v]二母，《四聲等子》亦爲宋代音，擬爲[pf]、[pf′]、[bv′]、[ɱ]四母可乎？曰：可也。方言之分別，自古有之，即在今日，脣音尚未分化爲輕脣之例，尚見於福建、台灣諸方言中。宋代輕脣四母固有併爲[f]、[v]二母者，吾人並不能斷言脣齒塞擦音之形式已不存於宋代方言中。

輕脣音之演變歸納如下：

p＞pf＞f

p′＞pf′＞f

b′＞bv′＞v＞f

m＞ɱ＞v＞o

重脣音（雙脣音）之轉爲輕脣音（脣齒音），不獨見於漢語史中，亦可自印歐語史中獲得相同之證據。如拉丁語之 Pater 英語變爲 Father（父親）；拉丁語之 Pês，英語變爲 Foot（腳）。

《四聲等子》之聲母系統歸納如下：

脣音　p　p′　b′　m　pf　pf′　bv′　ɱ

舌音　t　t′　d′　n　ȶ　ȶ′　ȡ　l

齒音　ts　ts′　dz′　s　z　tʃ　tʃ′　dʒ′　ʃ　ʒ　nʑ

牙音　k　k′　g′　ŋ

喉音　ʔ　x　ɣ　o

《四聲等子》之歸字與三十六字母之差異。

由《等子》之歸字，可知其聲紐之歸類與三十六字母有參差不合者，分別說明於左：

（一）舌根音

1.「俦」：遇攝過韻安賀切、影母　《等子》列一等喻母

2.「憬」：曾攝梗韻舉永切、見母　《等子》列三等群母

3.「痾」：曾攝敬韻丘詠切、溪母　　《等子》列三等群母

4.「躩」：曾攝昔韻虧碧切、溪母　　《等子》列三等群母

5.「業」：咸攝業韻魚怯切、疑母　　《等子》列三等影母

6.「頿」：臻攝混韻苦本切、溪母　　《等子》列一等群母

7.「餶」：山攝霰韻烏縣切、影母　　《等子》列四等群母

由 2、3、4、6 四例觀之，當時或已有部分字之聲母發生濁音清化，故《四聲等子》之作者依圖填字時，雖儘可能將各字按傳統列於各紐下，然仍難免有疏忽之處，受實際音讀影響而遺留清聲母「見、溪」與濁聲母「群」界線不清之痕迹。

1、5 兩例為「疑、影、喻」三母之混淆，此三母字現代方言多讀為零聲母，豈等子已具此傾向耶？惜例證不足，難以斷言也。

第 7 例或係誤讀而列影母之「餶」於群母者。蓋从「肙」之字，如「涓、娟、捐」之聲母均為舌根塞音，受類化作用而然者。

（二）舌面音與舌頭音

1.「㿻」：果攝麻韻才邪切、從母　　《等子》列四等心母

2.「姐」：果攝馬韻茲野切、精母　　《等子》列四等心母

3.「褯」：果攝禡韻慈夜切、從母　　《等子》列四等心母

4.「政」：曾攝勁韻之盛切、照母　　《等子》列三等知母

5.「綅」：咸攝鹽韻處占切、穿母　　《等子》列四等邪母

6.「燮」：咸攝怗韻蘇協切、心母　　《等子》列四等從母

第 2 例「姐」字《集韻》有從母一讀（慈野切），則 1、2、3 三例正為果攝四等從母之平、上、去聲字，《等子》左移一行而列於心母下，或係疏忽而誤置者。

第 4 例為「知、照」相混。知系字與照系字宋代已相混，此處或受實際音讀影響而然者。5、6 兩例不當混，此或係排列錯誤之字。

（三）唇音

1.「擊」：山攝屑韻普蔑切、滂母　　《等子》列四等並母

2.「蹩」：山攝屑韻蒲結切、並母　　《等子》列四等滂母

3.「汎」：咸攝梵韻敷梵切、敷母　　《等子》列三等非母

1、2兩例《等子》相鄰而列，如二字易位則聲母正合，當係誤置，然其間或未嘗無濁音清化之影響在焉。宋代非、敷二母已合為[f]（＜pf，pf´），「汎」字之錯置或因實際音讀之影響而顯露之痕迹。

（四）《四聲等子》唇音研究

《等子》唇音之編排，其開、合頗有異乎傳統韻圖者，其間是否關乎語言之變遷？首先應當瞭解輕唇音演變之狀況。

語音之變遷常有一定之條理可循，欲明其遞變之規律，必先觀察其所以變化之條件，同一方言中，相同之條件常發生相同之演變。唇音聲母由重唇變為輕唇，其分佈皆見於合口三等韻中，亦即見於[iu]之元音前，凡開口韻之唇音，後世均不變輕唇。

《四聲等子》有原屬開口之唇音置於合口中，亦有原屬合口之唇音置於開口中，如不先明辨其是非，則唇音之演變豈非雜亂無章乎？茲以《韻鏡》、《等子》比較各韻唇音之狀況（《韻鏡》所注開合多誤，此以其所代表之《切韻》音為據，凡聲母後具有u成分者均視為合口）：

韻目	《韻鏡》	《等子》	韻目	《韻鏡》	《等子》
東	合口	合口	冬	（無唇音）	
鍾	合口	合口	江	？	開口
支	開口	開口	脂	開口	開口
之	（無唇音）		微	合口	合口
齊	開口	開口	佳	開口（平上） 合口（去）	開口
皆	開口（平上） 合口（去）	合口	灰	合口	合口
咍	開口	開口	祭	開口	合口
泰	開口	開口	夬	合口	（缺）
廢	合口	合口	魚	（無唇音）	
虞	合口	合口	模	合口	合口
眞	開口	開口	諄	（無唇音）	
臻	（無唇音）		文	合口	合口

欣	（無脣音）		魂	合口	合口
痕	（無脣音）		元	合口	合口
寒	（無脣音）		桓	合口	合口
刪	合口	合口	山	開口	開口
先	開口	開口	仙	開口	開口（置三等）
					合口（置四等）
蕭	（無脣音）		宵	開口	開口
肴	開口	開口	豪	開口	開口
歌	（無脣音）		戈	合口	合口
麻	開口	開口	陽	開口	開口
唐	開口	開口	耕	開口	開口
庚	開口	合口	清	開口	合口
青	開口	開口	蒸	開口	開口
登	開口	開口	尤	合口	合口
侯	合口	合口	幽	開口	開口
侵	開口	開口	覃	（無脣音）	
談	開口	開口（僅二字）	鹽	開口	開口（僅三字）
添	（無脣音）		銜	開口	開口（僅二字）
咸	（無脣音）		嚴	（無脣音）	
凡	合口	合口			

上表歸納爲以下三類情況：

（一）無脣音之韻：冬、之、魚、諄、臻、欣、痕、寒、蕭、歌、覃、添、咸、嚴共十四韻。

（二）《韻鏡》與《等子》皆屬開口：支、脂、齊、咍、泰、眞、山、先、仙、宵、肴、豪、麻、陽、唐、耕、青、蒸、登、幽、侵、談、鹽、銜共二十四韻。

（三）《韻鏡》與《等子》皆屬合口：東、鍾、微、灰、夬、廢、虞、模、文、魂、元、桓、刪、戈、尤、侯、凡共十七韻。

（四）《韻鏡》與《等子》不合者：江、佳、皆、祭、仙、庚、清共七韻。

茲以現在方言證其開口：

1. 江韻

本韻原僅一圖，切韻韻母音值爲[-ɔŋ]，係介於開合間之韻，《韻鏡》注爲「開合」，《等子》脣音見於開口，《指掌圖》見於合口，《切韻指南》見於開口，殊不一致。考現代方言凡脣音字均已失落合口之介音[u]，唯閩語尙保存古代之合口脣音字。而古代爲開口之脣音字，閩音亦必讀爲開口。故由閩音之開、合可分辨《四聲等子》脣音開合之混淆。江韻脣音「棒、邦」等字，閩語皆無介音[u]，與《等子》正同。

	棒（並）	邦（幫）
汕　頭	paŋ	paŋ
福　州	pauŋ	paŋ

2. 佳、皆韻

《韻鏡》置皆韻平聲「排、埋」等字於開口，而置去聲「拜、憊」等字於合口。置佳韻平聲「牌」、上聲「罷、買」於開口，而置去聲「派、稗、賣」等字於合口。《等子》佳韻脣音皆置於開口，皆韻脣音全置於合口。《切韻指掌圖》則以「皆、佳」二韻之脣音同列於開口與合口圖中。由此可知古人對脣音之開、合常不能清晰區分，因脣音聲母與圓脣介音[u]皆與脣形有關，易於牽扯相混，《等子》作者或以脣音之開、合不易分辨，並無精密區分之必要，既置佳韻脣音自於開口圖中，開口圖已無脣音之空位，乃置皆韻脣音於合口圖中。《韻鏡》與《指掌圖》之措置亦同理。由現代方言觀之，二韻之脣音字古代當無介音[u]。

	排（並）	埋（明）	拜（幫）	罷（並）	買（明）	稗（並）
汕　頭	pai	mai	pai	pa	mai	pai
福　州	pɛ	mai	pai	pa	mɛ	pai

3. 祭韻

脣音「蔽、潎、弊、袂」諸字屬重紐開口四等字，《等子》依傳統韻圖之排列，置於四等。然開口圖中已有四等霽韻圖之排列，置於四等。然開口圖中已有四等霽韻之脣音「閉、媲、薜、謎」諸字，故轉置於合口圖中。由閩語可證其爲開口：

　　　如並母「敝」字，汕頭音[pi]，福州音[pɛi]。

此外，上列諸字現代方言均讀爲重唇音，未變爲輕唇，可知其來源亦不當在三
等之合口也。

4. 仙韻

　　唇音重紐三等「辡、鵬、免、別」等字，四等「鞭、篇、綿」等字，《韻鏡》
均置於開口圖中。《等子》以三等諸字置於開口，而以四等諸字入合口。實因開
口四等已有先韻之唇音「邊、偏、蹁、眠」等字佔據其位，遂不得不列四等仙
韻重紐諸唇音字於合口圖也。故《等子》上述諸字均無介音[u]，與現代閩語同。
現代各方言之仙韻唇音字均未變讀爲輕唇音，亦可證其不當在三等合口也。

	鞭（幫）	篇（滂）	辨（並）	綿（明）
汕　頭	pien	pʻien	pien	mien
福　州	pieŋ	pʻieŋ	pieŋ	mieŋ

5. 庚韻

　　本韻二、三皆有唇音字，《韻鏡》並置於開口，等子因開口二等已有耕韻字，
開口三等已有蒸韻字，遂以庚韻二、三等之唇音字並入合口圖內。各方言庚韻
唇音「兵、平、明」等字均無變讀輕唇音者，故知其來源當非三等之合口，等
子此類字亦不當有介音[u]也。由現在閩語更可確證其爲開口字。

	烹（滂）	棚（並）	猛（明）	兵（幫）	平（並）	明（明）
汕　頭	pʻɛŋ	pʻɛŋ	mɛŋ	pɛŋ	pʻɛŋ	mɛŋ
福　州	pʻɛŋ	paŋ	mɛiŋ	piŋ	piŋ	miŋ

6. 清韻

　　本韻凡唇、牙、喉音字，《韻鏡》皆置於開口四等。《等子》依據傳統亦
列於四等，然開口四等已爲青韻唇音字所佔，故列清韻之唇音「并、餅、聘、
名」等字於合口圖內。本韻爲三等韻，如古代爲合口，則聲母當變爲輕唇音，
而現代方言皆爲重唇，故知其來源必爲開口，《等子》之入於合口圖，完全係編
排之故，與音變無涉，故《等子》上列字之音讀亦不當有介音[u]。由現代閩語
亦可證其爲開口字。

	并（幫）	聘（滂）	名（明）
汕　頭	pɛŋ	p´ɛŋ	mɛŋ
福　州	pɛiŋ	p´ɛiŋ	miŋ

第二節　《四聲等子》韻母音值擬測

《四聲等子》之韻母共分爲十三攝，每攝必有一同類之主要元音、必有相同之韻尾，開合等第之分常與介音有關。茲依據此原則，並參以現代方言之實際音讀，以擬構（reconstruct）《等子》之韻母系統。

方言資料主要取材於高本漢《中國音韻學研究》之〈方言字彙〉。爲避免繁複及節省篇幅計，每攝每等僅取聲母發音部位不同之牙（喉）、舌、唇、齒音各一字，注明其二十二種方言之韻母音讀，列爲一表，置於各攝之首。先觀察其變入現代方言之情況，復按韻圖之編排措置，以決定其早期音讀。所定音值需合於切韻以來之演變，並需解釋分化爲現代各方言之過程與原因。

或云高本漢之〈方言字彙〉詳於北而略於南。此不足碍也；《四聲等子》出自北方，下開早期官話之先聲，與現代北方諸方言之關係密切，謂現代北方諸方言爲《四聲等子》之直系後裔，亦不爲過也。由切韻而《四聲等子》而《中原音韻》而北方官話，實爲一脈相承之系統。故本節擬音以此北方諸方言爲主要依據，南方方言僅視爲旁證。本節所採用之方言，其地域分佈如下：

一、北方方言

北京

山西省：大同、太原、太谷、興縣、文水、鳳台

河南省：懷慶、開封

綏遠省：歸化

陝西省：西安、三水

甘肅省：蘭州、平涼

二、中部方言：南京、四川、上海

三、南部方言：溫州、福州、汕頭、客家、廣州

至於高麗、日本、安南之借音，本節未予採用，因不同語言之借用，常遷就其本身之音位系統而歪曲原有之面目。舉例言之，如日語借自英語之字，所

代替之音位如下：

英語	l	f	v	θ	ð	æ、a、ɔ、ə
日語	r	h	b	s	z	a

因此，英語之 leather（皮革）借入日語而讀爲レーザー[reza]，英語之 third（第參），借入日語而讀爲サード [saado]，英語之 valley（山谷），借入日語而讀爲ヴふリー[barii]。若以之推測英語原來之音讀，豈非失之千里乎？可知借音非不得已不應作爲擬音之材料，境內各方言既已完備，採之徒增紛亂耳。

擬測古音之工作首應著重嚴格之推理，其任何步驟及結論皆需以事實爲據，非必要則不引用權威之言論爲推論之前提。音值之擬定亦避免「或從甲或從乙」之方式，取捨之間如無準據，則易陷於主觀之論斷。

各攝敘述之次序以主要元音相同者相類而列，同主要元音者，復以韻尾之差異定其先後，始於果攝而終乎通攝。爲免於敘述之累贅，凡稱舉韻目均舉平以該上去入聲，而不一一列舉。

凡稱「中古音」或「切韻音」所指爲切韻系韻書及早期韻圖所代表之音讀，不包含四聲等子及其以後之音讀。

音標採用國際音標（I.P.A.）一律橫寫。各種語音符號亦以萬國通用者爲準，如以雙斜線/　/表示音位（Phoneme），方括弧[　]表示音值（value）。各段說明之文字，必要時皆以語音公式作扼要之結論。例如等子/æ/之性質可以下式表示：

$$/æ/ \rightarrow \begin{Bmatrix} æ/ø- \\ e/i- \end{Bmatrix}$$

花括弧{　}代表二者擇一，單斜線 / 代表引起語音變化之條件（environment）。本式如改爲文字敘述，其意爲：舌面前次低元音之音位，出現於無介音之開口韻母中，則保存原有之音值。出現於舌面前高元音介音之後，則受同化作用而使發音部位升高爲舌面前中元音。

壹、果攝擬音

本攝各等之韻母，現代方言音讀如下：

一等歌、戈韻

	可(溪)	多(端)	左(精)	何(匣)	過(見)	妥(透)	播(幫)	火(曉)
廣州	o	o	o	o	uo	o	o	o
客家	o	o	o	o	uo	o	o	o
汕頭	o	o	o	o	o	o	o	o
福州	ɔ	ɔ	ɔ	ɔ	uo	io	ɔ	uo
溫州	u	u	u	u	u	u	u	u
上海	u	u	u	u	u	u	u	u
北京	ə	o	o	ə	uo	o	o	uo
開封	ɥ	o	o	ɥ	uo	o	o	uo
懷慶	ɥ	o	o	ɥ	uo	o	o	uo
歸化	ɔ	ɔ	ɔ	ɔ	uɔ	ɔ	ɔ	uɔ
大同	o	o	o	o	uo	o	o	uo
太原	ə	o	o	ə	uə	o	ə	uə
興縣	ə	ə	ə	ə	uo	o	ə	uo
太谷	ə	o	o	ə	uə	yɛ	ə	uə
文水	ɥ	ɥ		ɥ	uɥ	uɥ	ɥ	uɥ
鳳台	ɥa	o	o	ɥa	uo	o	o	uo
蘭州	o	o	o	o	o	o	o	o
平涼	o	o	o	o	uo	o	o	uo
西安	o	o	o	o	uo	o	o	uo
三水	ə	o	o	ə	uo	o	o	uo
四川	o	o	o	o	o	o	o	o
南京	o	o	o	o	o	o	o	o

二等麻韻

	拏(泥)	馬(明)	詐(莊)	車(昌)	邪(邪)	夜(以)
廣州	a	a	a	ɛ	ɛ	iɛ
客家	a	a	a	a	ia	ia
汕頭	a	a	a	ia	ia	ia

福州	a	a	a	ia	ia	ia
溫州	o	o	o	i	i	i
上海	a	o	o	o	ia	ia
北京	a	a	a	ə	iɛ	iɛ
開封	a	a	a	ə	iɛ	iɛ
懷慶	a	a	a	ɣa	iɛ	iɛ
歸化	a	a	a	ə	ia	ia
大同	a	a	a	ə	ie	ie
太原	a	a	a	ə	ie	ie
興縣	a	a	a	ə	iə	iə
太谷	ɔ	ɔ	ɔ	ə	ɜi	ɜi
文水	a	a	a	ɰ	ie	i
鳳台	a	a	a	ɣa	ia	ia
蘭州	a	a	a	ɛi	ie	ie
平涼	a	a	a	ə	ei	iə
西安	a	a	a	ə	iɛ	iɛ
三水	a	a	a	ə	iɛ	iɛ
四川	a	a	a	e	ie	ie
南京	ɔ	ɔ	ɔ	ə	e	ie

　　本攝原分爲「果、假」二攝，《四聲等子》併爲一圖，而分爲開口與合口兩部分。由現代方言觀之，一等韻之主要元音大致爲[o]，二等韻爲[a]。韻圖既爲一攝，其主要元音必屬一類，故《四聲等子》一、二等之分別當不在[o]與[a]也。

　　高師仲華〈嘉吉元年本韻鏡跋〉之擬音如下：

　　　果攝二十七轉歌韻開口（外轉）－[ɑ]

　　　　二十八轉戈韻合口（內轉）－[uo]

　　　假攝二十九轉麻韻開口（內轉）－[o]

　　　　三　十轉麻韻合口（外轉）－[ua]

高師云：「嘉吉本《韻鏡》歌韻爲外轉，音值爲ɑ，戈韻爲內轉，音值爲o，本

自有別，享祿以降，各本《韻鏡》改歌韻爲內轉，其音値則由 ɑ 變而爲 o，與戈韻同，《四聲等子》遂得併歌戈二韻而爲一果攝矣。」

如此則《等子》本攝之主要元音爲 o 歟？然其間尚有可商榷者五點：

一、麻韻既爲一韻，何以主要元音開合不同？

二、麻韻開口既擬爲[o]，後世方言何以均變爲[a]？

三、《等子》果攝之主要元音擬爲[o]，則一、二等韻之分別何在？

四、《等子》既列果、假二攝於同一圖中，何以其他合口韻母爲[uo]，獨麻韻合口韻母爲[ua]？

五、歌、戈韻《等子》均與入聲鐸韻相配，考鐸韻另與宕攝唐韻、效攝豪韻相配，此二攝主要元音均屬[a]類，則鐸韻亦當屬[a]類，歌、戈韻如爲[o]類，必無法相配。

以今世各語族之語音演變觀之，知後低元音[ɑ]常易於變爲[o]，前低元音則常保存不變。因此《等子》一等韻之主要元音當擬爲[ɑ]，後世方言大都升高舌位而變爲帶圓唇之[o]。福州、歸化方言口形稍闊，則成[ɔ]音，吳語口形稍合，則成[u]音。至於國語凡舌根聲母後，大都喪失圓唇之成分，由[o]變爲同部位之[ɣ]，前所列方言韻母表依高本漢作[ə]，實爲[ɣ]之同位音（allophone），僅發音時強弱之分別。文水等方言有讀爲[ɯ]者，屬例外之音讀。

歌、戈二韻之分別，在後者具有合口之介音[u]。韻母表中，唇音與舌尖音「播、妥」等字無介音[u]，驗之於國語並不相合。此或因韻母表之作，距今已逾半世紀（高本漢《中國音韻學研究》一書作於公元 1915 年），語音已有不同；亦可能爲高氏發音人之個人差異（Idiolect）。開口圖中「我、多、左、羅」等字國語讀爲合口，當係戈韻字之類化而然者。

切韻系韻書所代表之中古音，近代學者如高本漢《中國音韻學研究》、董同龢《中國語音史》、羅常培《漢語音韻學導論》、王力《中華音韻學》、浦立本《古音聲系》（E. G. Pulleyblank "The Consonantal System of Old Chinese" 1962）等人之擬音，[a]類韻攝一、二等之分別皆定爲[ɑ]（grave ɑ）與[a]（acute a）。然二者之發音極爲近似，在分配上是否具有足夠條件成爲對比音位（contrast phoneme），實屬疑問。法文雖有[ɑ]，與[a]二元音，其對比僅偶存於少數字中，例如 Patte：Pâte（腳掌：漿糊），且大部分方言均已不加區別矣。漢語中古音一、

二等韻之劃分異常清晰，必有絕對之區分。同時，舌面前之[a]出現於牙、喉音之後，[-u]韻尾之前時（如效攝字），欲其免於同化作用之影響，不與舌面後之[ɑ]混淆，恐不可得也。故擬音時，一等[ɑ]與二等[a]之實際發音狀況必需加以說明。

　　一等韻之[ɑ]元音後世既能變爲[o]，蓋其發音部位深而洪大，口形亦易於產生輕度之圓唇，如以嚴式音標表示，未嘗不可寫作[ɒ]，陸志韋之擬音，一等韻正以[ɒ]表示。其演變過程如下：

　　　a＞ɒ＞ɔ＞o

《四聲等子》既爲中古音至近代音之橋梁，其一等韻之主要元音當近乎[ɒ]，然[ɒ]與[ɑ]二元音無論中古或《四聲等子》均不表示其間有任何音位上之區別，故《等子》擬音之標寫仍以/ɑ/表示。

　　二等韻現代方言大致爲[a]。僅吳語爲[o]，與一等之[u]分別；太古、南京爲[ɔ]，與一等之[o]分別。此可視爲特殊之演變。中古音二等性之[a]元音發音部位必極爲偏前，乃能與一等韻形成足夠之區別。馬丁氏《古代漢語之音位》（Samuel E. Martin "The Phonemes of Ancient Chinese"）所擬中古音系，二等韻擬爲前元音[ɛ]，然[ɛ]之發音部位偏高，不易解釋現代方言何以演變爲低元音[a]。故《等子》擬爲/æ/，唯其發音部位偏前，故極易發生顎化作用（Palatalization）；所謂顎化作用者，即輔音受鄰近元音之影響而改變其發音部位。如英語之 cheese（乾酪）乃自古代*[kɛːsi]變來；yield（產生）乃自古代*[ˊgeldan]變來。現代英語之 king（國王），其聲母[k-]發音部位較 cling（粘住）中之[k-]尤爲偏前，即受元音顎化之結果。非但英語有此現象，拉丁文 centum 具有聲母[k-]，義大利文讀爲 cento，聲母變爲舌尖面輕塞擦音[tʃ]，亦顎化之故。國語之舌面音聲母[tɕ, tɕˊ, ɕ]即由舌根音[k, kˊ, x]與舌尖音[ts, tsˊ, s]之細音變來，英語之舌根、舌尖音雖在細音前仍有保留不變者，如 keen, geese, hear, sea 等字，僅發音時輔音略前移而已，由此可知漢語之顎化作用更較其他語言強而普遍。吾人讀英文字母 c 時，常誤作[ɕi]即其例。中古韻書之反切系聯，反切上字一、二、四等常爲一類，三等韻則獨爲一類，蓋三等聲母受介者[j]之影響而發音有異也。而法語雖在[j]前，亦有絲毫不改其發音特性者，如「世紀」siècle[sjɛkl]，「他的」sien[sjɛ̃]是也。

　　《四聲等子》二等之[æ]元音，後世在牙、喉音聲母後因顎化而產生中間音[i]，待聲母完全顎化後，此中間音遂逐漸固定成爲介音，如「加、牙、下、亞」等字皆如此也。其演變如下：

$$a \rightarrow \begin{cases} æ>a \\ {}^i æ>iæ>ia/喉音- \end{cases}$$

二等韻之現代方言，所以由較前之[æ]變爲[a]，實因一等韻之[ɑ]已轉爲[o]，音位上失去具對比性之其他低元音，二等之[æ]乃得伸展其同位音爲[æ]，爲[a]爲[ɑ]，蓋低元音[a]爲人類最自然之音，爲各語族所普遍具有者。國語亦有類似之演變，如「威、灰、追」等字韻母本爲[-uei]，因無與之對比之[-ue]韻母，乃得伸展其同位詞（allomorph）爲[-uei]，爲[-ue]。「懷」[-uai˧]則有「華」[-ua˧]與之對比，故保持不變也。又「鳩、久、救」等字韻母本爲[-iou]，因無[-io]、[-iəu]、[iu]等韻母與之對比，故口語中多有人變讀此三音者也。而「教、攪、叫」[-iau]與「鳩、久、救」[-iou]具對比性，故此疆爾界，絲毫不相亂。

　　二等韻之[æ]變爲現代方言之[a]後，實包含所有低元音而不致發生辨義之混淆，與僅能代表前元音之中古[a]相較，實有廣狹之不同也。至於牙、喉音因已有介音[u]阻隔，故未能產生中間音[i]，聲母後世亦不生顎化。

　　本攝三等韻大部分方言均有介音[i]，主要元音爲較高之[ε]或[e]。爲簡化音位系統，《等子》三等開口之韻母可擬爲[-iæ]。主要元音與二等相同，但分配有異，二等之[æ]單獨出現，三等則隨高元音[i]之後，於實際發音時，受[i]之同化作用（assimilation），舌位升高爲[ε]或[e]。其狀況如下式：

$$/æ/ \rightarrow [e]/i-$$

三等韻正齒音字，現代方言多無介音，此因正齒音後世變爲捲舌音，凡捲舌音皆不與[i]介音相配，故[i]乃失落也。韻母又受一等舌根音之類化（analogical change）而成爲單元音[ɤ]。「類化」爲語言演變中，及普遍之現象，某一語音形式，在其演化過程中，常脫離直線之發展，而併入某一相近似之形式中，因而使本屬不同類者，無復區別。「類化」較其他方式之語音變化更具偶然性而無法預知。例如古英語 cow 之複數爲 kine，book 之複數爲 bec，而現代英語大多數複數名詞皆以字尾[-s]或[-es]表示，此二字亦隨而類化爲 cows 與 books。

又如英語 egotism（自我主義）本爲 egoism，因受 despotism（專制）與 nepotism（族閥主義）等字之類化，字尾乃由[-ism]變爲[-tism]。

　　漢語之類化常因文字偏旁之影響而產生，例如「側」字本爲莊母（照二）字，本應讀爲不送氣音，而國語讀爲送氣者，乃受「測、廁、惻」等字之類化。又如「恢」字本爲溪母字，應讀爲[kʻuei]，而今國語讀爲[xuei]者，乃受偏旁「灰」字之類化也。又「溪」字聲母本爲[kʻ-]，國語應變讀爲[tɕʻ]，而今讀爲[ɕ-]者，乃受「奚、蹊、徯」等字之類化也。又「莘」字本爲審母二等字，應變讀爲[ʂən]，而國語讀爲[ɕin]者，乃受「辛、鋅」等字之類化也。又「波」字本屬幫母，應讀不送氣，今國語變爲送氣者，乃受「皮、婆、頗、坡、破、披、疲」等字之類化也。

　　南方方言無[ɣ]韻母，故正齒音章系字之韻母與配其他聲母之韻母並無分別。三等韻母溫州爲[i]，平涼讀[iə]，文水讀[ɯ]均屬特殊之演變。三等韻之一般變化可列爲公式如下：

$$i\ae \rightarrow \left\{ \begin{array}{l} \text{ia, iɛ, ie} \\ \text{ə/捲舌音}- \end{array} \right\}$$

方言中捲舌音後之韻母[ɣ]，其產生必爲近代之事，因元代《中原音韻》之音系，尚無此韻母之痕迹，凡現代[ɣ]韻母之字，《中原音韻》散見於支思（塞、澀）、齊微（劾）、皆來（則、客）、蕭豪（閣、鶴）、歌戈（可、賀）、車遮（奢、惹）諸韻中。由此亦可推測本攝正齒音聲母之變爲捲舌亦不致太早也。

　　凡中古三、四等合口之介音，現代方言大部分爲[y]與[u]，[iu]之形式僅在單獨成爲韻母時存在。《四聲等子》三、四等韻已混，與現代方言同。其合口之介音當爲[iu]，後世經唇化作用而變爲[y]，亦即[i]之舌位保持不變，而唇形受[u]之影響由展而圓，[u]並消失。亦有[i]受聲母之排擠而失落，僅餘[u]介音者。三、四等合口之[iu]介音，其發音當與現代之[y]接近，當不同於西南官話[iu]韻母之能清晰分別。此介音與韻母性質不同故也。介音之後尚有其他元音存在，而一音節中之音位容量有限，故介音[iu]之發音必較爲簡略，而有合爲一音位之傾向也。尤其諸如齊韻合口韻母[-iuɛi]、短促之入聲[-iuɛt]（屑韻合口）、[-iuek]（錫韻合口）等情況，因音位繁複，[iu]之發音之趨簡，可想而知也。

本攝合口三、四等「瘸、靴」等字之韻母變化如下：

iuæ＞yæ＞ye

本攝韻母擬音總結如下：

	一等	二等	三、四等
開　口	ɑ	æ	iæ
合　口	uɑ	uæ	iuæ

貳、蟹攝擬音

本攝各等之韻母，現代方言之音讀如下：

一等咍、灰、泰韻

	該（見）	耐（泥）	貝（幫）	在（從）	害（匣）	隊（定）	配（滂）	誨（曉）
廣州	oi	oi	ui	oi	oi	ey	ui	ui
客家	oi	ai	ui	oi	oi	ui	ui	ui
汕頭	ai	ai	ui	ai	ai	ui	uɛ	ui
福州	ai	ai	uoi	ai	ai	oi	uoi	uoi
溫州	e	e	ai	e	e	ai	ai	uai
上海	e	e	e	e	e	e	e	ue
北京	ai	ai	ei	ai	ai	uei	ei	uei
開封	ai	ai	ɛi	ai	ai	ui	ɛi	ui
懷慶	ai	ai	əi	ai	ai	ui	əi	ui
歸化	ɛ	ɛ	əi	ɛ	ɛ	əi	əi	ui
大同	ɛi	ɛi	ɛi	ɛi	ɛi	ui	ɛi	ui
太原	ɛi	ɛi	ɛi	ɛi	ɛi	uɛi	ɛi	uɛi
興縣	ɛ	ɛ	ɛ	ɛ	ɛ	uɛ	ɛ	uɛ
太谷	ɛi	ai	ɛi	ɛi	ɛi	uei	ɛi	uei
文水	ɛi	ai	ɛi	ɛi	ɛi	uei	ɛi	uei
鳳台	ɛi	ɛi	ai	ɛi	ɛi	uai	ai	uai
蘭州	ɛ	ɛ	ei	ɛ	ɛ	uei	ei	uei
平涼	ɛ	ɛ	ɛi	ɛ	ɛ	uɛi	ɛi	uɛi

西安	ɛ	ɛ	ei	ɛ	ɛ	ui	ei	ui
三水	ɛ	ɛ	ei	ɛ	ɛ	ui	ei	ui
四川	ai	ai	e	ai	ai	ue	e	ue
南京	ai	ai	əi	ai	ai	ui	əi	ui

二等皆、佳、夬韻

	佳（見）	買（明）	齊（莊）	諧（匣）	怪（見）	排（並）	話（匣）
廣州	ai	ai	ai	ai	uai	ai	ua
客家	a	ai	ai	ai	uai	ai	ua
汕頭	ia	ai	ai	ai	uai	ai	ua
福州	a	ɛ	ai	ai	uai	ɛ	ua
溫州	o	a	a	a	ua	a	o
上海	ia	a	a	ie	ua	a	uo
北京	ia	ai	ai	iɛ	uæi	ai	ua
開封	ia	ai	ai	iɛ	uɛi	ai	ua
懷慶	ia	ai	ai	iɛ	uɛi	ai	ua
歸化	ia	ɛ	ɛ	ia	uɛ	ɛ	ua
大同	ia	ɛi	ɛi	ie	uɛi	ɛi	ua
太原	ia	ɛi	ɛi	ie	uɛi	ɛi	ua
興縣	ia	ai	ai	iæ	uai	ai	ua
太谷	iɔ	ai	ai	iɛi	uɛi	ai	uɔ
文水	ia	ai	ai	iɛi	uɛi	ai	ua
鳳台	ia	ɛi	ɛi	ia	uɛi	ɛi	ua
蘭州	ia	ɛ	ɛ	ie	uɛ	ɛ	ua
平涼	ia	ɛ	ɛ	eɪ	uɛ	ɛ	ua
西安	ia	ɛ	ɛ	iɛi	uɛ	ɛ	ua
三水	ia	ɛ	ɛ	iɛi	uɛ	ɛ	ua
四川	ia	ai	ai	iai	uai	ai	ua
南京	iɔ	ai	ai	iai	uai	ai	ua

　　各方言大致具有韻尾[i]。漢語之元音韻尾，就發音及分配言，並非純粹之元音，而與英語之尾滑音（off-glide）相似，如 toy、she、say、buy、bee 等字是。所謂滑音（glide）者，語音分類上或屬半輔音，或屬半元音，其性質實兼有二者也。就語音（phonetics）而言，滑音類似元音，然滑音之分配及功能為輔音性，故就音位（phonemics）而言，滑音又屬於輔音。

　　法文、西班牙文之重音音節可以單元音收尾，英語之元音後則需跟隨一輔音或滑音。國語除[ï]、[ɤ]、[a]韻母外，其分配同英語。《四聲等子》一音節中，音位之繁複有過於國語，故其元音韻尾之發音性質亦當屬滑音也。

　　吳語、歸化、興縣及陝甘方言韻尾大部分失落。主要元音一等韻各方言大致為[ɑ]，亦有方言為[ɛ]或[e]，乃受韻尾之影響而升高其舌位者。大部分方言一、二等韻已無區別，僅廣州、客家之一等韻主要元音為[o]，二等韻為[a]，與果攝字一、二等之情況相同。由此線索可推測《四聲等子》一等韻主要元音當為舌面後低元音[ɑ]，廣州、客家之[o]即由[ɑ]變來，其演變過程與果攝一等相似。其他方言因受韻尾[i]之影響，發音部位稍前移，而與二等韻類化為[a, ɛ, e]三類主要元音。

　　失落韻尾之方言，主要元音均為較高之[ɛ, e]，可知其韻尾之消失甚晚，主要元音方能由舌面後轉為舌面前也。

　　一等韻之演變如下：

$$\alpha i \rightarrow \begin{cases} (1)\,oi \\ (2)\,ai \\ (3)\,\varepsilon i > \varepsilon \end{cases}$$

二等韻主要元音當擬為[æ]，因其發音部位極為偏前，後世凡舌根聲母字遂產生顎化過渡音[i]並逐漸凝固為介音。此介音[i]形成後，韻尾[i]復受異化作用而消失。所謂異化作用（dissimilation）者，乃二相同或近似之音出現於相近之位置，其中一音常發生變化。如拉丁語「清教徒」Peregrinum 變為法語 Pèlerin，變為意大利語 Pellegrino，變為英語 Pilgrim，原字中相近之二[r]，前者轉為同部位之邊音[l]。又如拉丁語「五個」quinque[ˈkwiːnkwe]，變為法語 cinq[sɛ̃k]，即相近之二[k]，前者轉為[s]。又如拉丁語 anima＞anˊma＞alma（西班牙語），其鼻音[n]與[m]相鄰而產生異化，使前者變為[l]。又如拉丁語中 januarium＞

gennaio（意大利語），其中之兩[a]與兩[u]皆因位置相近而發生變化。又如拉丁語 rarum＞rado（意大利語），兩[r]相近，使後者轉爲同部音之塞音[d]。又如拉丁語 idololatria＞idolatria＞idolatry（英語「偶像崇拜」），重複之元音[o]因異化而失落。

　　漢語中亦不乏異化之例，如廣州音「法」字，本爲收-p 韻尾之入聲字，而受唇音聲母之異化成爲[fat]；國語「風」字，韻母原爲[-uŋ]，受唇音聲母之異化，使圓唇之[u]變爲[ə]。

　　二等舌根音唯太谷、文水、四川、南京保存[iɛi]與[iai]之形式，未受異化之影響（見韻母表「諧」字音讀）。

　　合口字各方言均有介音[u]。高本漢合口之擬訂有[u]與[w]介音之分別，凡以開、合分韻者，其介音必較強，故擬爲[u]，一韻中兼開合者，其合口之性質必較弱，故擬爲[w]，以現代方言觀之，二者並無區別，《等子》亦無必要做此分別也。

　　合口之唇音字因異化作用而使介音[u]失落，僅閩、粵方言仍有保存者。合口字之主要元音亦大部分失落而成爲[ui]，亦有失落韻尾而成[ue]、[uɛ]、[ua]者。其演變可以下式表之：

$$開口 \ æi \ \rightarrow \ \begin{cases} æi＞ɛi, ai \\ iæi＞iɛi, iai＞iɛ, ia/喉音--- \end{cases}$$

$$\begin{matrix}合口 \ uæi \\ uai\end{matrix} \ \rightarrow \ \begin{cases} (1)ɛi, ai, əi, ei/唇音---（失介者）\\ (2)ui（失主要元者）\\ (3)ue, uɛ, ua（失韻尾）\\ (4)e, ɛ（介音，韻尾併失） \end{cases}$$

由此可見語音之演變常傾向於失落音素。非但漢語有此現象，英語之音節亦不斷趨向於脫落、簡化，如「考試」exam 原爲 examination，又「體育館」gym 原爲 gymnasium，又「汽油」gas 原爲 gasoline，又「計程車」cab 原爲 cabriolet，又「壞」bad 來自古英語[bæddel]，又「袋」bag 來自北蠻語（Old Norse）baggi，又「聽」hear 來自古英語 hieran。音節脫落爲印歐語之一般趨勢，其結果使現代歐西諸語音單音節字逐日增多，惜其語言無聲調以辨義，故終無法變爲純粹之單音也。

漢字語音之減省常在音節內部發生，如「扇」字[ɕiæn＞ʂan]、「狂」字[gjuaŋ＞kʻuaŋ]、「例」字[ljæi＞li]。吳語中由複元音變爲單元音之例甚多，如「對」字[tuɑi＞te]、「毛」字[mɑu＞mɐ]、「蟹」字[ɣai＞ɣa]是也。

三等祭韻、廢韻

	滯（澄）	世（書）	廢（非）	贅（章）	銳（以）
廣州	ai	ai	ai		
客家	e	i	ui	ui	iui
汕頭	i	i	ui	ui	ui
福州	i	ie	ie	uoi	io
溫州	i	i	i	y	
上海	ɿ	ɿ	i	œ	œ
北京	ɿ	ɿ	ei	uei	uei
開封	ɿ	ɿ	i	ui	ui
懷慶	ɿ	ɿ	əi		ui
歸化	ɿ	ɿ	əi	əi	əi
大同	ɿ	ɿ	ɛi̯	ui	ui
太原	ɿ	ɿ	ɛi̯	uɛi	uɛi
興縣	ɿ	ɿ	uɛ		yi
太谷	ɿ	ɿ	əi	uei	uei
文水	ɿ	ɿ	uei	uei	uei
鳳台	ɿ	ɿ	ai	uai	uai
蘭州	ɿ	ɿ	ei	uei	uei
平涼	ɿ	ɿ	ɛi̯	uɛi	uɛi
西安	ɿ	ɿ	i	ei	ei
三水	ɿ	ɿ	ei	ui	iui
四川	ɿ	ɿ	e	ue	ue
南京	ɿ	ɿ	əi	ui	ui

四等齊韻

	詣（疑）	體（透）	閉（幫）	齊（從）	奚（匣）	奎（溪）
廣州	ai	ai	ai	ai	ai	uai
客家	i	i	i	i	i	ui
汕頭	i	i	i	i	i	ui
福州	ie	ε	ie	ε	ie	ie
溫州	ie	i	i	i	i	
上海	i	i	i	i	i	ue
北京	i	i	i	i	i	ui
開封	i	i	i	i	i	ui
懷慶	i	i	i	i	i	ui
歸化	i	i	i	i	i	ui
大同	i	i	i	i	i	ui
太原	i	i	i	i	i	uεi
興縣	i	i	i	i	i	ue
太谷	i	i	i	i	i	uei
文水	i	i	i	i	i	uei
鳳台	i	i	i	i	i	uai
蘭州	i	i	i	i	i	uei
平涼	i	i	i	i	i	uεi
西安	i	i	i	i	i	uei
三水	i	i	i	i	i	uei
四川	i	i	i	i	i	ue
南京	i	i	i	i	i	ui

　　三等韻與四等韻現代方言均已無分別，《等子》之三、四等亦已相混，所以仍分四格而列祭、廢韻於三等、列齊韻於四等者，實受傳統編排之影響也。韻圖分等歸字之原則本為切韻音系而設，至宋、元時語音已有極大變遷，聲韻母均已簡化省併，故不應復以分等之原則範圍《四聲等子》音韻之考訂，《等子》之劃分四格，羅列各韻，不過沿《韻鏡》、《七音略》之舊制耳，實際語音系統

幾已重行配合,開現代北方官話之基礎矣。

除廣州、福州外,各方言開口三、四等之韻母均爲單元音[i],知、照二系字爲舌尖元音[ɿ](包括舌尖前高元音[ɿ]與舌尖後高元音[ʅ]),與止攝之韻母相同,所以如此,乃因古代介音與韻尾同時爲[i],其間所夾之主要元音遂受排擠,並併爲單元音。因此《四聲等子》可擬爲[iæi],由失落介音之廣州音[ai]及失落韻尾之溫州、福州音[ie]可反映出其早期之形式。

知、照二系字後古聲母變爲捲舌音,凡捲舌音之發音部位皆與[i]不相容,無法並存,故凡捲舌音後之元音[i]非失落即同化爲舌尖韻母[ɿ]。少數方言知、照字受精系字之類化,亦使[i]元音轉爲舌尖韻母[ɿ]。其演便如下:

$$
iæi \rightarrow \left\{ \begin{array}{l} ai, ie \\ i \\ ɿ/捲舌音——— \end{array} \right\}
$$

合口介音當擬爲[iu],而現代各方言皆爲[u],可知[i]成分早因韻尾之異化而消失,遂與一、二等之合口字併爲一類。各方言中,僅吳語、興縣之韻母爲圓唇之前元音,當由 iu>y 變來。各方言之演變大致如下:

$$
uæi \rightarrow \left\{ \begin{array}{l} (1)ɛi, ai（失介音）\\ (2)ui（失主要元音）\\ (3)ue, uɛ（失韻尾） \end{array} \right\}
$$

福州音凡合口之主要元音皆作[o],屬後元音,當係介音[u]之同化,使前元音之發音部位後移,而與[u]接近。

各方言之合口尚有一特殊現象,即一、三、四等之韻母多爲[-uei],《切韻指掌圖》將其收入十九圖中;而二等之韻母多爲[-uai],《切韻指掌圖》將其收入二十圖中。可見合口字一、三、四等後世有合併之趨勢,而此現象於《指掌圖》之時代即已發生。

本攝韻母之擬音,總結如下:

	一等	二等	三、四等
開　口	ɑi	æi	iæi
合　口	uɑi	uæi	iuæi

叄、效攝擬音

一等豪韻

	高（見）	刀（端）	毛（明）	咬（疑）	巢（崇）	鐃（泥）	包（幫）
廣州	ou	ou	ou	au	au	au	au
客家	au	au	au	au	au	au	au
汕頭	au	au	au	au	au	au	au
福州	ɔ	ɔ	ɔ	au	au	au	bau
溫州	ə	ə	ə	ɔ	ɔ	ɔ	ɔ
上海	ɔ	ɔ	ɔ	ɔi		ɔ	ɔ
北京	au	au	au	iau	au	au	au
開封	au	au	au	iau	au	au	au
懷慶	au	au	au	iau	au	au	au
歸化	o	o	o	io	o	o	o
大同	o	o	o	io	o	o	o
太原	au	au	au	iau	au	au	au
興縣	u	au	au	iau	au	au	au
太谷	o	ɔ	ɔ	iɔ	ɔ	ɔ	ɔ
文水	au	au	au	iau	au	au	au
鳳台	o	o	o	io	o	o	o
蘭州	o	o	o	io	o	o	o
平涼	au	au	au	iau	au	au	au
西安	au	au	au	iau	au	au	au
三水	au	au	au	iau	au	au	au
四川	au	au	au	iau	au	au	au
南京	au	au	au	iau	au	au	au

　　各方言之韻尾爲[–u]，試諸國語，其性質有類英語之後部滑音（back glide）[w]，如 how, so, tow, cow 之韻尾是也。《等子》韻尾[–u]之性質若何，已不可確考，由方言推之，或亦具有滑音之性質，而非純粹之元音也。發音時，舌位由主要元音之部位向口腔後部移動，移動之程度並無一定，蓋凡滑音皆無固定

之發音部位也。

一、二等韻母各方言大致已無區別，僅廣州音一等韻爲[ou]，二等韻爲[au]；福州一等韻爲[ɔ]，二等韻爲[au]。情況正與果攝之一、二等類似，由此可推測，[o]之來源當亦爲舌面後低元音[ɑ]，故《等子》一等韻母擬爲[au]。現代方言大部分轉爲[au]；溫州、上海、福州、歸化、大同、太谷、鳳台、蘭州諸方言之韻尾[u]同化主要元音後，本身失落，亦即使主要元音發音部位轉爲與[u]接近之後元音[o]、[ɔ]或展唇之[ɣ]（如溫州是，前表作[ə]）。此類演變稱爲同化作用（assimilation）。

所謂同化者，乃二相鄰之音位互相影響，而使其發音方法或發音部位變爲一致。英語凡[p]前之鼻音必爲[m]，[t]前之鼻音必爲[n]，[k]前之鼻音必爲[ŋ]，此即同化作用使然。同化作用可分局部同化與全部同化二類，前者如拉丁語 in-possibilis＞impossibilis，使[n]變爲[m]，發音部位與相鄰之[p]一致。然[m]與[p]之發音方法仍有不同。後者如原始日耳曼語*[pl：′nos]＞*[follaz]、*[wl：′na：]＞*[′wollo：]，其中之[n]受[l]之同化，成爲完全相同之音位。又如意大利語 sonnos 由拉丁語 somnos 變來；otto 由拉丁語 octs 變來；rotto 由拉丁語 ruptum 變來，此皆由本不相同之音位，因相鄰而變爲完全相似之音位。

一等韻之演變如下：

$$\text{au} \rightarrow \left\{\begin{array}{c} \text{au} \\ \text{ou} \\ \text{o, ɔ} \end{array}\right\}$$

本攝僅一圖，無合口韻。亦即無 u＋v＋u 之韻母形式。古漢語及現代方言均有 i＋v＋i 之韻母存在，獨無 u＋v＋u 之例，可知漢語[u]之不相容較[i]爲甚。[u]一旦重見於同音節中，必立即產生異化，使其一失落而僅存[au]或[ua]之形式。[i]之異化作用較弱，故蟹攝仍有[iæi]韻母，方言中仍有[iɛi]韻母（文水、太谷讀「諧」字）。

二等韻之主要元音當爲偏前之[æ]，正因其部位偏前，故易於引起顎化。現代北方各方言舌根音字均具有介音[i]，即因顎化而產生之過渡音。上海、歸化、大同、鳳台、蘭州諸方言之主要元音爲舌面後之[o]與[ɔ]，何以亦能產生顎化介音[i]耶？據合理之推測，韻尾[-u]使主要元音同化爲後元音之時代必較

晚，而早期之主要元音[æ]促成[i]介音產生之時代必較早。易言之，即[i]介音出現後，主要元音方轉爲[o]也。

二等韻之演變如下：

$$æu \rightarrow \left\{ \begin{array}{l} au \rightarrow o, ɔ \\ {}^iæu > iau > io, iɔ/喉音--- \end{array} \right\}$$

	三等宵韻				四等蕭韻	
	喬（群）	朝（知）	表（幫）	焦（精）	叫（見）	尿（泥）
廣州	iu	iu	iu	iu	iu	iu
客家	iau	au	iau	iau	iau	iau
汕頭	iau	iau	iau	iau	iau	iau
福州	ieu	ieu	ieu	ieu	ieu	ieu
溫州	ei	ei	ei	ei	ei	
上海	iɔ	ɔ	iɔ	iɔ	iɔ	iɔ
北京	iau	au	iau	iau	iau	iau
開封	iau	au	iau	iau	iau	iau
懷慶	iau	au	iau	iau	iau	iau
歸化	io	o	io	io	io	io
大同	io	o	io	io	io	io
太原	iau	au	iau	iau	iau	iau
興縣	iu	u	iu	iu	iu	iu
太谷	yθ	o	yθ	yθ	yθ	yθ
文水	ieɯ	au	iau	iau	iau	iau
鳳台	io	o	io	io	io	io
蘭州	iɔ	ɔ	iɔ	iɔ	iɔ	iɔ
平涼	iau	au	iau	iau	iau	iau
西安	iau	au	iau	iau	iau	iau
三水	iau	au	iau	iau	iau	iau
四川	iau	au	iau	iau	iau	iau
南京	iau	au	iau	iau	iau	iau

三、四等韻各方言全無區別，皆具有介音[i]。太谷之介音獨爲合口之[y]，可視爲例外。

《等子》之韻母可擬爲[iæu]。大部分方言之主要元音讀爲[a]。上海、歸化、大同、鳳台、蘭州各方言則變爲舌面後圓唇音[o]與[ɔ]，當亦受韻尾[u]之影響而形成。溫州韻母爲[iə]，屬例外演變。廣州、興縣之主要元音失落，成爲[iu]韻母。福州之主要元音受介音[i]之同化而使發音部位升高爲[e]。由各方言音素變動之情況，可發現不同方言中，其所著重之音位亦不相同，福州語言之介音[i]勢力必較強，故能使主要元音舌位升高。上海、歸化等地則韻尾[-u]之勢力必較強，故能使主要元音同化，變爲圓唇音。

正齒音知系字、照系字大部分方言聲母均變爲捲舌，與介音[i]不容，故轉爲開口韻母。廣州、汕頭、福州等方言尚保存介音[i]，蓋其音系中並無捲舌音之故。

三、四等韻之演變如下：

$$
iæu \rightarrow \left\{ \begin{array}{l} (1)\text{iau, ieu} \\ (2)\text{iɔ, io} \\ (3)\text{iu} \\ (4)\text{au, ɔ, o/}\text{捲舌音}\text{---} \end{array} \right\}
$$

本攝韻母之擬音，總結如下：

一等	二等	三、四等
au	æu	iæu

肆、山攝擬音

本攝各等之韻母，現代方言音讀如下：

一等寒、桓韻

	干（見）	旦（端）	贊（精）	漢（曉）	官（見）	團（定）	判（滂）	酸（心）
廣州	on	an	an	on	un	yn	un	yn
客家	on	an	an	on	uon	on	an	on
汕頭	an	an	an	an	uan	uan	uan	uan
福州	aŋ	aŋ	aŋ	aŋ	uaŋ	uaŋ	uaŋ	uaŋ

溫州	ye	a	a	ye	ye	oe	oe	oe
上海	oe	ɛ	ɛ	oe	ue	oe	e	oe
北京	an	an	an	an	uan	uan	an	uan
開封	an	an	an	an	uan	uan	an	uan
懷慶	aȵ	aȵ	aȵ	aȵ	uaȵ	uaȵ	aȵ	uaȵ
歸化	ã	ã	ã	ã	uõ	uõ	uõ	uõ
大同	æ	æ	æ	æ	uæ	uæ	æ	uæ
太原	æ	æ	æ	æ	uæ	uæ	æ	uæ
興縣	aŋ	ã	ã	uə	uəŋ	uəŋ	uə	uəŋ
太谷	ɛ̃	ã	ã	ɛ̃	uɛ̃	yẽ	ɛ̃	yẽ
文水	ɛ̃	ã	ã	ɛ̃	uɛ̃	uɛ̃	ɛ̃	yẽ
鳳台	ɛ	ɛ	ɛ	ɛ	uɛ	uɛ	ɛ	uɛ
蘭州	æ	æ	æ	æ	uæ	uæ	æ	uæ
平涼	æ̃	æ̃	æ̃	æ̃	uæ̃	uæ̃	æ̃	uæ̃
西安	æ̃	æ̃	æ̃	æ̃	uæ̃	uæ̃	æ̃	uæ̃
三水	æ	æ	æ	æ	uæ	uæ	æ	uæ
四川	an	an	an	an	uan	uan	an	uan
南京	aŋ	aŋ	aŋ	aŋ	uaŋ	uaŋ	aŋ	uaŋ

二等山韻、刪韻

	眼（疑）	綻（澄）	瓣（並）	顏（疑）	關（見）	班（幫）	撰（崇）
廣州	an	an	an	an	uan	an	an
客家	an	an	an	an	uan	an	on
汕頭	an			an	uan	an	uan
福州	aŋ		aiŋ	aŋ	uaŋ	aŋ	uaŋ
溫州	a			a	ua	a	œ
上海	ɛ	ɛ		ɛ	uɛ	ɛ	ɛ
北京	iɛn	an	an	iɛn	uan	an	uan
開封	iɛn	an	an	iɛn	uan	an	uan
懷慶	iɛn		aȵ	iɛn	uaȵ	aȵ	uaȵ

歸化	iæ̃	ã	ã	iæ̃	uã	ã	uã
大同	ie	æ	æ	ie	uæ	æ	uæ
太原	ie	æ	æ	ie	uæ	æ	uæ
興縣	iã		ã	iã	uã	ã	uã
太谷	iẽ	ã	ã	iẽ	uã	ã	uã
文水	iã	ã	ã	iã	uã	ã	uã
鳳台	ia		ɛ	ia	uɛ	ɛ	uɛ
蘭州	iæ̃	æ	æ	iæ̃	uæ	æ	uæ
平涼	iæ̃	æ̃	æ̃	iæ̃	uæ̃	æ̃	uæ̃
西安	iæ̃	æ̃	æ̃	iæ̃	uæ̃	æ̃	æ̃
三水	iæ	æ	æ	iæ	uæ	æ	uæ
四川	ien	an	an	ien	uan	an	uan
南京	ieĩ	aŋ	aŋ	ieĩ	uaŋ	aŋ	uaŋ

　　各方言之韻尾有舌尖鼻音[-n]，亦有舌根鼻音[-ŋ]，其來源究為舌尖抑舌根耶？考宕攝之主要元音與本攝同類，其分別必在於韻尾，而宕攝各方言之韻尾均為舌根鼻音[-ŋ]，故本攝當擬為[-n]。福州、興縣、南京之韻尾變為舌根鼻音，考此三地方言之陽聲韻字一律以[-ŋ]收尾，古代之[-n]及[-m]韻尾均已不存。懷慶之韻尾較為特殊，屬舌面鼻音[-ȵ]，凡古代之陽聲韻字，無論其收尾為[-n]、為[-m]，懷慶均讀為[-ȵ]，唯舌根鼻音保留不變。由此可知漢語之鼻音韻尾，其演變過程有部位後移之趨勢，發音部位愈前者，消失愈早，發音部位愈後者則易於保存語言中。

　　本攝一、二等韻，除廣州、客家仍有部分區別外，其餘方言皆已合併為一類。廣州、客家「干、漢」等舌根聲母字，其韻母具有主要元音[o]，而二等韻則讀為[a]。可據此推測《四聲等子》一等韻之主要元音當為舌面後低元音[ɑ]，後世乃變為[o]，此為[a]類韻攝共有之特質。

　　二等韻之主要元音當為偏前之[æ]，因其發音部位偏向舌面前，故北方方言之舌根聲母字均受其影響而產生介音[i]，此高元音之介音[i]復使主要元音之發音部位升高為[ɛ]、為[e]。其演變如下：

$$æn \rightarrow {}^{i}æn \rightarrow iæn \rightarrow iɛn \rightarrow ien$$

各方言之鼻音韻尾[-n]有消失者，其變化可分為二類：其一，韻尾失落而影響主要元音鼻化（nasalization），如平涼、西安、太谷、文水、興縣、歸化等方言。

其二，韻尾失落而未影響主要元音，如溫州、上海、大同、太原、鳳台、蘭州、三水等方言，其演變如下：

$$\text{ɑn、æn} \rightarrow \left\{ \begin{array}{l} (1)\tilde{æ}、\tilde{ɛ}、\tilde{a} \\ (2)æ、ɛ、a \end{array} \right\}$$

一等韻開口，廣州、客家之舌尖音字，仍保存舌面前之主要元音[-an]，舌根音字之所以讀為[-on]，固由於[a＞o]之演變，同時亦由於聲母之同化作用，使其未能與二等韻類化為舌面前之[-an]也。廣州之合口字失落主要元音而成為[-un]與[-yn]韻母，後者出現於舌尖聲母後，受舌尖聲母之影響，而使合口介音之發音部位由舌面後之[u]轉為舌面前之[y]。太谷合口字亦有類似之演變，此亦語音同化作用之例也。

一等與二等之唇音合口字因異化作用而失落圓唇之[u]介音，僅閩、粵各地及歸化方言仍有保存者。由保存古代合口唇音字之方言，亦可考訂韻圖中唇音字開、合之誤。

吳語一等韻之圓唇音極為發達，二等韻之主要元音則皆為展唇，此現象當因古代[a]之演化。其演變如下：

吳語一等字

$$\text{ɑn} \rightarrow \text{an} \rightarrow \text{ɛn} \rightarrow \text{ɛ}$$

$$\text{ɑn} \rightarrow \text{an} \rightarrow \text{ɛn} \rightarrow (u)\text{ɛ} \rightarrow \text{œ}$$

溫州之舌根音字讀為[-ye]，其形成或經如下之步驟：

$$\text{uan} \rightarrow \text{uæn} \rightarrow \text{uen} \rightarrow \text{yen} \rightarrow \text{ye}$$

由此可知主要元音之演變常受介音或韻尾之發音部位、唇形所影響。

歸化一等韻字，其開口字之主要元音為[a]，合口字主要元音為[o]，後者當係合口介音[u]之同化所形成者。南京二等韻字，其開口舌根聲母後亦產生介音[i]，與北方方言相同，唯其韻尾[-n]失落，遺留一鼻化元音[ĩ]之痕迹，此其異於一般失落韻尾之方言者。

三等元韻、仙韻

	建（見）	展（知）	賤（從）	延（以）	勸（溪）	反（非）	篆（澄）	篇（滂）
廣州	in	in	in	in	yn	an	yn	in
客家	ien	en	ien	ien	ien	an	on	ien
汕頭	ien	ien	ien	ien	uan	uan	uan	ien
福州	ioŋ	ieŋ	ieŋ	ieŋ	uoŋ	uaŋ	ioŋ	ieŋ
溫州	ie	ie	ie	ie	ye	a	ye	ie
上海	ie	e	ie	ie	iœ	ɛ	e	ie
北京	iɛn	an	iɛn	iɛn	yan	an	uan	iɛn
開封	iɛn	an	iɛn	iɛn	yan	an	uan	iɛn
懷慶	iɛn	aɳ	iɛn	iɛn	yɛn	aɳ	uaɳ	iɛn
歸化	iẽ	ẽ	iẽ	iẽ	yœ̃	ã	uõ	iẽ
大同	ie	æ	ie	ie	ye	æ	uæ	ie
太原	ie	æ	ie	ie	ye	æ	uæ	ie
興縣	iŋ	əŋ	iŋ	iŋ	ỹ	uã	uəŋ	iŋ
太谷	iẽ	ɛ̃	iẽ	iẽ	yẽ	ã	uɛ̃	iẽ
文水	iẽ	ɛ̃	iẽ	iẽ	yẽ	uã	uɛ̃	iẽ
鳳台	ia	ɛ	ia	ia	ya	ɛ	uɛ	ia
蘭州	iæ̃	æ	iæ̃	iæ̃	yæ	æ	uæ	iæ̃
平涼	iæ̃	æ̃	iæ̃	iæ̃	yæ̃	æ̃	uæ̃	iæ̃
西安	iæ̃	æ̃	iæ̃	iæ̃	yæ̃	æ̃	uæ̃	iæ̃
三水	iæ	æ	iæ	iæ	yæ	æ	uæ	iæ
四川	ien	an	ien	ien	yen	an	uan	ien
南京	ieĩ	aŋ	eĩ	ieĩ	yeĩ	aŋ	uaŋ	eĩ

四等先韻

	研（疑）	田（定）	片（滂）	練（來）	玄（匣）
廣州	in	in	in	in	yn
客家		ien	ien	ien	ien
汕頭	ien	ien	ien	ien	ien

福州	ieŋ	ieŋ	ieŋ	ieŋ	ieŋ
溫州	ie	ie	ie	ie	ye
上海	ie	ie	ie	ie	iœ
北京	iɛn	iɛn	iɛn	eɛn	yan
開封	iɛn	iɛn	iɛn	eɛn	yan
懷慶	iɛn	iɛn	iɛn	iɛn	yɛn
歸化	iẽ	iẽ	iẽ	ẽ	yœ̃
大同	ie	ie	ie	ie	ye
太原	ie	ie	ie	ie	ye
興縣	iŋ	iŋ	iŋ	iŋ	ỹ
太谷	iẽ	iẽ	iẽ	iẽ	yẽ
文水	iẽ	iẽ	iẽ	ẽ	yẽ
鳳台	ia	ia	ia	ea	ya
蘭州	iæ̃	iæ̃	iæ̃	eæ̃	yæ̃
平涼	iæ̃	iæ̃	iæ̃	eæ̃	yæ̃
西安	iæ̃	iæ̃	iæ̃	eæ̃	yæ̃
三水	iæ	iæ	iæ	eæ	yæ
四川	ien	ien	ien	ien	yen
南京	ieĩ	eĩ	eĩ	eĩ	yeĩ

三等韻字與四等韻字各方言均無區別，前有介音[i]。北方方言舌上音知系字與正齒音照系字讀爲捲舌音，與介音[i]不相容，故失落介音而變爲洪音韻母。此現象普遍見各攝三、四等韻中。唯獨止攝與蟹攝，後代之捲舌聲母字由[i]韻母轉爲[ɿ]韻母。

合口韻字各方言之介音有讀[y]者，有讀[u]者，《四聲等子》當擬爲[iu]。唇音聲母在北方各方言中，凡遇圓唇之介音，必產生異化，使介音消失，故本攝三、四等之唇音字除汕頭、福州、興縣、文水外，均爲開口洪音韻母。由閩音之保留[u]介音，可推測古代本攝唇音字本當有合口介音。

合口知系字與照系字之演變稍異於開口字。合口之介音並未完全失落，而由[iu]變爲[u]，成爲合口洪音，開口字之知、照系字則轉爲開口洪音。廣州、

福州、溫州無捲舌音聲母，故至今仍保存細音韻母。

　　三、四等韻主要元音各方言爲較高之前元音[e]、[ε]或[æ]。《四聲等子》擬爲[æ]，與二者韻同，然其分配狀況不同。三、四等之主要元音[æ]受發音部位甚高之介音[i]同化，故實際之發音高於二等之[æ]。

　　廣州之主要元音失落，成爲[in]（＜iæn）與[yn]（＜iuæn），唯唇音尚保存主要元音。

　　綜觀三、四等韻母之演變，有失落介音者，如唇音字；有失落主要元音者，如廣州方言；有失落韻尾者，如陝、甘諸方言。此亦可證語音之演變，無不趨於簡化也。

　　本攝韻母擬音，總結如下：

	一等	二等	三、四等
開　口	an	æn	iæn
合　口	uan	uæn	iuæn

伍、宕攝擬音

　　本攝各等之韻母，現代方言讀音如下：

一等唐韻

	剛（見）	唐（定）	忙（明）	臧（精）	曠（溪）	汪（影）
廣州	ɔŋ	ɔŋ	ɔŋ	ɔŋ	uɔŋ	uɔŋ
客家	ɔŋ	ɔŋ	ɔŋ	ɔŋ	uɔŋ	ɔŋ
汕頭	aŋ	aŋ	aŋ	aŋ	uaŋ	uaŋ
福州	ouŋ	ouŋ	ouŋ	ouŋ	uoŋ	uoŋ
溫州	ɔ	ɔ	ɔ	ɔ	ɔ	ɔ
上海	ɔŋ	ɔŋ	ɔŋ	ɔŋ	uɔŋ	uɔŋ
北京	aŋ	aŋ	aŋ	aŋ	uaŋ	uaŋ
開封	aŋ	aŋ	aŋ	aŋ	uaŋ	uaŋ
懷慶	aŋ	aŋ	aŋ	aŋ	uaŋ	uaŋ
歸化	ã	ã	ã	ã	uã	ã
大同	ɔ	ɔ	ɔ	ɔ	uɔ	ɔ

太原	a	a	a	a	ua	a
興縣	ə	ə	ə	ə	uə	uə
太谷	ɔ	ɔ	o	ɔ	uɔ	uɔ
文水	ã	ã	u	ã	uã	uã
鳳台	ã	ã	ã	ã	uã	uã
蘭州	õ	õ	õ	õ	uõ	uõ
平涼	ã	ã	ã	ã	uã	uã
西安	ã	ã	ã	ã	uã	uã
三水	ã	ã	ã	ã	uã	uã
四川	aŋ	aŋ	aŋ	aŋ	uaŋ	uaŋ
南京	aŋ	aŋ	aŋ	aŋ	uaŋ	uaŋ

二等江韻

	腔（溪）	樁（知）	雙（生）	項（匣）
廣州	ɔŋ	ɔŋ	œŋ	ɔŋ
客家	ioŋ	uŋ	uŋ	oŋ
汕頭	oŋ	uaŋ	oŋ	aŋ
福州	ioŋ	ouŋ	œŋ	auŋ
溫州	ie	yɔ	yɔ	ɔ
上海	iaŋ	ɔŋ	ɔŋ	iaŋ
北京	iaŋ	uaŋ	uaŋ	iaŋ
開封	iaŋ	uaŋ	uaŋ	iaŋ
懷慶	iaŋ	uaŋ	uaŋ	iaŋ
歸化	iã	ã	ã	iã
大同	iɔ	uɔ	uɔ	iɔ
太原	ia	ua	ua	ia
興縣	iə	uə	uə	iã
太谷	iɔ	uɔ	uɔ	iɔ
文水	iã	uã	u	iã
鳳台	iã	uã	uã	iã

蘭州	iɔ̃	uɔ̃	ɔ̃	ɔ̃
平涼	iã	uã	uã	ã
西安	iã	ã	ã	ã
三水	iã	uã	uã	ã
四川	iaŋ	uaŋ	uaŋ	aŋ
南京	iaŋ	uaŋ	uaŋ	iaŋ

各方言之韻尾一致爲舌根鼻音[-ŋ]，故《等子》本攝亦當擬爲收[-ŋ]之陽聲韻攝。其中亦有韻尾失落之方言，與山攝之情況相似。可分二系：

其一，韻尾[-ŋ]失落，主要元音鼻化，如歸化、文水、鳳台、蘭州、平涼、西安、三水等方言。

其二，韻尾[-ŋ]失落，主要元音未受影響，如溫州、大同、太原、興縣、太谷等方言。

本攝之攝名包括「宕攝」與「江攝」，《等子》合爲一攝，而分爲開、合二圖。既列爲一攝，其主要元音必屬同類。由各方言觀之，宕與江之主要元音亦大致同類。一攝而具兩名，可知《等子》之前身必曾分爲二攝，而其元音亦當有所不同。切韻音江韻之主要元音爲[ɔ]，陽唐韻爲[ɑ]。其後語音簡併類化；遂無分別。

各方言之一、二等字韻母已無區別，大部分讀爲[aŋ]，一部份方言爲[oŋ]或[ɔŋ]。《四聲等子》當擬爲[aŋ]，二等則爲舌面前之[æŋ]。

一等韻後世一系方言之舌位向前成爲[aŋ]，一系方言保留舌面後之發音部位，而舌位則升高爲[ɔŋ]或[oŋ]。其演變如下：

$$aŋ \rightarrow \left\{ \begin{array}{l} (1)\,aŋ \\ (2)\,ɒŋ > ɔŋ > oŋ \end{array} \right\}$$

興縣之主要元音則由[o]失落圓唇之成分而轉爲展唇之[ɣ]，與央元音[ə]屬同位音。國語亦有類似現象，例如「個」字之韻母，在重音節中讀爲舌面後展唇之[ɣ]，如「個別」、「個性」是也。在輕音節中，讀爲央元音[ə]，如「一個」、「兩個」是也。

福州一等開口字，韻母爲[-ouŋ]，元音之響度由大而小，又以鼻音收尾。其結構在漢語中較爲特殊。國語（C）VVC之結構皆爲上升複元音，如「用、

汪、困、宣」等字之韻母，元音之響度皆由小而大。

　　現代方言二等韻主要元音亦爲[a]、[o]二系，與一等同。唯一有異者，爲二等舌根聲母後產生介音[i]，可知其主要元音之來源亦同一般[a]類韻攝，具有偏前之[æ]。《等子》二等江韻字置舌根音、唇音於開口圖中，置舌音、齒音及來母字於合口圖中。後者之韻母乃自切韻之[ɔŋ]經元音分裂（vowel break, ɔ＞ua），而成爲《四聲等子》之[uæŋ]，現代北方方言之舌、齒音「椿、雙」等字正讀爲合口，與《等子》現象合。由《等子》音韻排列之符合於現代北方方言音讀，正可證明其先後相承之關係。所謂「早期官話」者，實已萌芽於《等子》矣。下式爲二等韻之演變程序：

$$中古\ ɔŋ\ →\ 《等子》\ æŋ＞^{i}æŋ＞iæŋ＞iaŋ/舌根音－$$
$$uæŋ＞uaŋ/舌、齒音$$

舌、齒音未變爲合口之北方方言僅歸化、西安二地，讀爲[ã]，舌根音則讀爲[iã]，二者皆保持開口音讀，僅洪、細有別耳。

三等陽韻

	強（群）	長（澄）	芳（敷）	爽（生）	將（精）	匡（溪）	王（云）
廣州	œŋ	œŋ	ɔŋ	ɔŋ	œŋ	ɔŋ	uɔŋ
客家	ioŋ	oŋ	oŋ	oŋ	ioŋ	ioŋ	oŋ
汕頭	iaŋ	iaŋ	uaŋ	uaŋ	iaŋ	uaŋ	uaŋ
福州	ioŋ	ioŋ	uoŋ	ouŋ	ioŋ	uoŋ	uoŋ
溫州	ie	ie	ɔ	ɔ	ie	yɔ	yɔ
上海	iaŋ	aŋ	ɔŋ	ɔŋ	iaŋ	uɔŋ	uɔŋ
北京	iaŋ	aŋ	aŋ	uaŋ	iaŋ	uaŋ	uaŋ
開封	iaŋ	aŋ	aŋ	uaŋ	iaŋ	uaŋ	uaŋ
懷慶	iaŋ	aŋ	aŋ	uaŋ	iaŋ	uaŋ	uaŋ
歸化	iã	ã	ã	ã	iã	uã	ã
大同	iɔ	ɔ	ɔ	uɔ	iɔ	uɔ	ɔ
太原	ia	a	a	ua	ia	ua	a
興縣	iə	ə	uə	uə	iə	uə	uə
太谷	iɔ	ɔ	o	uɔ	iɔ	uɔ	uo

文水	iã	u	uã	uã	iã	uã	u
鳳台	iã	ã	ã	uã	iã	uã	uã
蘭州	iɔ̃	ɔ̃	ɔ̃	ɔ̃	iɔ̃	uɔ̃	uɔ̃
平涼	iã	ã	ã	uã	iã	uã	uã
西安	iã	ã	ã	ã	iã	uã	uã
三水	iã	ã	ã	uã	iã	uã	uã
四川	iaŋ	aŋ	aŋ	uaŋ	iaŋ	uaŋ	uaŋ
南京	iaŋ	aŋ	aŋ	uaŋ	iaŋ	uaŋ	uaŋ

　　三等韻當有介音[i]，然各方言中，[i]介音僅見於舌根音、齒頭音及來母字中。舌音僅汕頭、福州、溫州方言有介音[i]。其餘方言凡舌音、唇音、正齒音、日母字均已失落介音[i]。其中，舌音、齒音及日母字乃聲母變爲捲舌，故受排擠而失落。至於唇音，現代方言變讀爲輕唇，考本攝三等均爲廣韻陽韻字。其他變輕唇之韻如「東、鍾、微、虞、文、元、尤、凡、廢」諸韻均爲三等合口字，亦即具有介音[iu]。而獨陽韻字《韻鏡》與《四聲等子》均置唇音於開口圖內，與變爲輕唇之條件未合，何故？

　　現代方言仍保存古代合口唇音[u]介音者；僅閩南、福州二地，以此二地方言唇音之開、合狀況與中古語音材料比對，無不相合；唯獨陽韻「方、芳、房、亡」諸唇音字，中古本無介音[u]，而閩南、福州皆有介音[u]，由此可推測陽韻唇音之[u]介音實爲後起者。[u]介音產生後聲母隨即由重唇轉爲輕唇。蓋凡介音[iu]皆合於輕唇音發生之條件也。

　　《四聲等子》既置「方、芳、房、亡」於開口圖內，可知其時尚無介音[u]，與中古時代同。而其聲母亦當爲重唇也。然《等子》之聲目已有輕唇音「非、敷、奉、微」之名稱，或陽韻唇音字變爲輕唇之時代遲於一般唇音耶？考《切韻指掌圖》列陽韻唇音字於合口圖，其聲母變爲輕唇或即當此時耶？

　　陽韻唇音之演變如下：

$$\text{中古-jaŋ} > \text{《等子》-iæŋ} > \text{《指掌圖》-iuæŋ} > \begin{Bmatrix} \text{閩語-uaŋ} \\ \text{國語-aŋ} \end{Bmatrix}$$

北方官話中，僅文水一地尚有介音[u]，餘皆因聲母之異化而使介音[u]失落。

　　陽韻莊系字（照二）「莊、創、爽、牀」等字，除南方方言及西安、蘭州、

歸化外，均有介音[u]，而《韻鏡》、《四聲等子》均置之於開口圖中，可知《等子》之時代尚無介音[u]，此介音當係後起者，其所以變爲合口，或受同攝二等舌音與齒音字「椿、窻、雙」之類化。

三等之主要元音與一、二等相同，顯係受一、二等韻之類化。所異僅在三等韻具有介音[i]而已。[a]類韻攝之主要元音有二類變化：其一，與一、二等類化，如果攝、效攝及本攝。其二，受介音[i]之同化而使發音部位升高，如蟹攝、山攝。

三等合口介音除溫州爲[y]外，各方言均爲[u]，可知本攝合口介音[iu]之[i]成分早已失落，溫州則由[iu]變爲[y]。

此尚有一現象需加注意者，即三等合口字各方言有讀爲[y]介音之韻攝，有讀爲[u]介音之韻攝，《等子》既爲中古音至現代音之橋梁，未嘗不可將其介音依據各方言之狀況分別擬爲[y]與[u]。讀[u]介音之韻攝與二等字無區別，《等子》之所以未加以併合者，可解釋爲傳統排列之影響。《等子》雖有依實際音讀而歸併切韻音系之現象，然此項併轉爲攝之措施僅見橫方向之歸併，而極少縱方向之歸併，易言之，《等子》所併者僅爲同等不同韻之字，而極少有不同等者相併。

吾人可自下列事實證明之：其一，三、四等韻雖明言相混，而《等子》仍依傳統格式，分別排列其字。其二，照二、照三聲目僅「照」字一類，實際發音必已無別，而《等子》亦因襲舊制，分別措置。其三，重紐字至北宋已決無分別之可能，而《等子》依倣《韻鏡》，將其分別置於三、四等中。故曰《等子》極少縱方向之歸併也。

然《等子》三等合口如分別擬其介音爲[y]與[u]，人或有云[y]元音之產生當爲較後之事，明初《洪武正韻》之分別「魚語御」與「模姥暮」爲二；《韻略易通》之分別「居魚」與「呼模」爲二，始有[y]元音出現之迹象。至於《中原音韻》僅有「魚模」一韻，則元以前尚無[y]元音也。然此所指者均爲韻母[iu>y]之現象，介音[iu]常出現於繁複之音節中，其情況與「魚模」之單韻母[iu>y]自不相同，故其變爲[-y-]（<-iu-）之時代當較早也。周祖謨〈汴洛語音考〉之擬音，已有介音[y]出現。羅常培《唐五代西北方音》之擬音，則早在公元第八世紀已產生介音[y]矣。

因此，就理論上言，《四聲等子》固可依據現代方言之實際情況，將讀爲[y]

介音之韻攝擬爲[y]，讀爲[u]介音之韻攝擬爲[u]。然爲音韻系統之整齊計，仍擬三等合口字之介音爲[iu]，如此亦較便於描繪輕唇音產生之條件也。

前列韻母表中，「王」字之音讀，客家、歸化、大同、太原諸方言均無介音。考上述諸方言凡影母字、喻母字之合口，其[u]介音均轉化爲唇齒濁擦音聲母[v-]，其他方言則讀爲零聲母之合口音[o/u-]。

本攝韻母擬音總結如下：

	一等	二等	三、四等
開　口	ɑŋ	æŋ	iæŋ
合　口	uɑŋ	uæŋ	iuæŋ

陸、咸攝擬音

本攝各等韻母，現代方言之音讀如下：

一等覃韻、談韻

	一等覃韻、談韻				二等咸韻、銜韻		
	甘（見）	男（泥）	三（心）	諳（影）	監（見）	斬（莊）	咸（匣）
廣州	ɔm	am	am	ɔm	am	am	am
客家	am	am	am	am	am	am	am
汕頭	am	am	am	am	am	am	am
福州	aŋ	aŋ	aŋ	aŋ	aŋ	aŋ	aŋ
溫州	œ	œ	a	œ	a	a	a
上海	e	e	ɛ	e	ɛ	ɛ	ɛ
北京	an	an	an	an	iɛn	an	iɛn
開封	an	an	an	an	iɛn	an	iɛn
懷慶	aȵ	aȵ	aȵ	aȵ	iɛn	aȵ	iɛn
歸化	ã	ã	ã	ã	iæ̃	ã	iæ̃
大同	æ	æ	æ	æ	ie	æ	ie
太原	æ	æ	æ	æ	ie	æ	ie
興縣	əŋ	ã	ã	əŋ	iã	ã	iã
太谷	ɛ̃	ã	ã	ɛ̃	iẽ	ã	iẽ
文水	ɛ̃	ã	ã	ɛ̃	iã	ã	iã

鳳台	ε	ε	ε	ε	ia	ε	ia
蘭州	æ	æ	æ	æ	iæ̃	æ	iæ̃
平涼	æ̃	æ̃	æ̃	æ̃	iæ̃	æ̃	iæ̃
西安	æ̃	æ̃	æ̃	æ̃	iæ̃	æ̃	iæ̃
三水	æ	æ	æ	æ	iæ	æ	iæ
四川	an	an	an	an	ien	an	an
南京	aŋ	aŋ	aŋ	aŋ	ieĩ	aŋ	ieĩ

三等嚴、鹽、凡韻

	嚴（疑）	諂（微）	凡（奉）	閃（書）	尖（精）	兼（見）	點（端）	嫌（匣）
廣州	im	im	an	im	im	im	im	im
客家	iam	am	am	am	iam	iam	iam	iam
汕頭	iam	iam	uam	iam	iam	iam	iam	iam
福州	ieŋ	ieŋ	uaŋ	ieŋ	ieŋ	ieŋ	ieŋ	ieŋ
溫州	ie	ie	a	ie	ie	ie	ie	ie
上海	ie	e	ε	e	ie	ie	ie	ie
北京	iɛn	an	an	an	iɛn	iɛn	iɛn	iɛn
開封	iɛn	an	an	an	iɛn	iɛn	iɛn	iɛn
懷慶	iɛn	an̩	an̩	an̩	iɛn	iɛn	iɛn	iɛn
歸化	iẽ	ẽ	ã	ẽ	iẽ	iẽ	iẽ	
大同	ie	æ	æ	æ	ie	ie	ie	ie
太原	ie	æ	æ	æ	ie	ie	ie	ie
興縣	iŋ	əŋ	uã	əŋ	iŋ	iŋ	iŋ	
太谷	iẽ	ɛ̃	ã	ɛ̃	iẽ	iẽ	iẽ	iẽ
文水	iẽ	ɛ̃	uã	ɛ̃	iẽ	iẽ	iẽ	
鳳台	ia	ε	ε	ε	ia	ia	ia	ia
蘭州	iæ̃	æ	æ	æ	iæ̃	iæ̃	iæ̃	iæ̃
平涼	iæ̃	æ̃	æ̃	æ̃	iæ̃	iæ̃	iæ̃	iæ̃
西安	iæ̃	æ̃	æ̃	æ̃	iæ̃	iæ̃	iæ̃	iæ̃
三水	iæ	æ	æ	æ	iæ	iæ	iæ	iæ

四川	ien	an	an	an	ien	ien	ien	ien
南京	iẽ	aŋ	aŋ	aŋ	eĩ	ieĩ	eĩ	ieĩ

本攝之韻尾，南方方言爲雙唇鼻音[-m]，北方大部份分爲舌尖鼻音[-n]，福州、興縣、南京則爲舌根鼻音[-ŋ]。本攝各方言之主要元音與宕攝、山攝同類，則其分別當在於韻尾。宕攝既爲[-ŋ]、山攝爲[-n]，則本攝當爲[-m]，正與保守性較強之南方方言相同。同時，北方之[-n]與[-ŋ]韻尾必由[-m]變來，而不可能南方之[-m]爲[-n]或[-ŋ]變來。因鼻音韻尾之演變，有發音部位後移之趨勢，從無古代爲舌尖或舌根鼻音，後世反變爲雙唇音之例。

由宕攝、山攝、咸攝比較觀之，凡[-ŋ]韻尾均保持不變；凡[-n]韻尾有方言作[-n]、有方言作[-ŋ]；凡[-m]韻尾，各方言有作[-m]者，有作[-n]者，有作[-ŋ]者，其大勢可知矣。此現象不獨漢語史有之，即印歐語史亦屢見不鮮：如希臘之[zu′gon]來自梵文[ju′gam]，韻尾即由[-m]變爲[-n]。

本攝韻尾亦有失落者，可分兩類：

其一，韻尾[-m]失落，不影響主要元音，如溫州、上海、大同、太原、鳳台、蘭州、三水。

其二，韻尾[-m]失落，並使主要元音鼻化，如歸化、興縣、太谷、文水、平涼、西安。此現象亦見於西洋語史中，如拉丁語「歌頌」cantāre 變爲法語 chanter [ʃãte]；拉丁語「一百」centum 變爲法語 cent [sã]。閩南語中亦甚爲普通，如「牛」字[Puan＞Puã]、「三」字[sam＞sã]，其理相同。

各方言之主要元音一等與二等已無分別。唯廣州之舌根音字，一等爲[ɔ]，二等爲[a]。《四聲等子》一等韻擬爲[ɑm]，廣州舌根音字之[ɔ]即古代[ɑ]所遺留之痕跡。二等爲[æm]，元音偏前，故後世方言在舌根聲母後產生介音[i]，此高元音之介音[i]復使主要元音同化而升高其發音部位。各方言之演變如下：

一等 ɑm → （1）am, an, aŋ, aȵ

二等 æm （2）ã, æ̃, ɛ̃

（3）e, ɛ, æ

（4）iɛn, iæ̃, iã, iẽ, ie, iæ, ieĩ/二等舌根音一

二等舌根音南京讀爲[ieĩ]，其演變過程當如下：

æm＞iæm＞iæm＞iæn＞ien＞ieĩ

三、四等韻各方言均無區別，具有介音[i]。北方知系字與照系字因後世演變爲捲舌音，故失落介音[i]。

　　三等「凡」韻中古屬合口韻，現代方言尚保存介音[u]者，計有汕頭、福州、興縣、文水。本韻大部分爲唇音字，易與[u]發生異化，故大多數方言均失落[u]，而變爲開口。

　　各方言主要元音之演變可分爲以下數類：

（一）廣州[-im]、興縣[-ŋ]失落主要元音。

（二）大部分方言主要元音受高元音[i]之影響，舌位升高爲[æ]、爲[ɛ]、爲[e]。

iæm → （1）im, iŋ

　　　　（2）iam, iɛŋ, ieŋ, ieĩ, ien

　　　　（3）ia, iæ, iæ̃, iẽ, ie

　　本攝韻母擬音總結如下：

	一等	二等	三、四等
開　口	ɑm	æm	iæm
合　口			iuæm

柒、止攝擬音

　　本攝韻母，現代方言之音讀如下：

三等支、脂、之、微韻

	寄（見）	知（知）	皮（並）	士（崇）	資（精）	追（知）	非（非）	揮（曉）
廣州	ei	i	ei	ɿ	ɿ	ey	ei	ai
客家	i	i	i	ɿ	ɿ	ui	ui	ui
汕頭	i	i	i	ɯ	ɯ	ui	ui	ui
福州	ie	i	i	œy	y	ui	i	ui
溫州	i	ɿ	i	ɿ	ɿ	y	i	y
上海	i	ɿ	i	ɿ	ɿ	œ	i	ue
北京	i	ʅ	i	ʅ	ɿ	ui	ei	ui
開封	i	ʅ	i	ʅ	ɿ	ui	i	ui

懷慶	i	ɿ	i	ʅ	ʅ	ui	əi	ui
歸化	i	ɿ	i	ʅ	ʅ	əi	əi	ui
大同	i	ɿ	i	ʅ	ʅ	ui	ɛi	ui
太原	i	ʅ	i	ʅ	ʅ	uɿ	ɛi	uɛi
興縣	i	ɿ	i	ʅ	ʅ	yi	ɜu	ɜu
太谷	i	ʅ	i	ɚ	ʅ	uei	əi	uei
文水	i	ɿ	i	ʅ	ʅ	uei	uei	uei
鳳台	i	ʅ	i	ʅ	ʅ	uai	ai	uai
蘭州	i	ɿ	i	ʅ	ʅ	uei	ei	uei
平涼	i	ɿ	i	ʅ	ʅ	uɿ	ɛi	uɛi
西安	i	ɿ	i	ʅ	ʅ	ei	i	uei
三水	i	ɿ	i	ʅ	ʅ	uei	ei	uei
四川	i	ʅ	i	ʅ	ʅ	ue	e	ue
南京	i	ɿ	i	ʅ	ʅ	ui	əi	ui

　　本攝僅有三等韻，分爲開、合二圖。開口圖中，各方言有讀爲舌面前音[i]者，有讀爲舌尖元音[ɿ]者。凡舌上音知系字、正齒音照系字、齒頭音精系字之韻母，北方讀爲舌尖元音。凡牙音見系字、唇音幫系字、喉音影系字之韻母，各方言讀爲[i]。前無介音，後無韻尾。

　　合口韻介音[iu]之[i]成分早已失落，故現代方言均讀爲合口洪音。僅廣州變爲開口韻母。溫州之[y]介音則直接由[iu]變來。

　　合口非系字受唇音聲母之異化作用，除客家、汕頭、文水外，各方言均失落圓唇介音[u]而變爲開口。合口韻母各方言有[ui]與[uei]二類。《四聲等子》究屬何類？高元音[i]在本攝中之作用當爲主要元音，抑屬韻尾？今作兩種假設，分析如下：

（一）高元音[i]在《等子》本攝中爲主要元音。則本攝韻母當擬爲開口之[i]與合口之[ui]。後世合口之[uei]韻母，爲舌面後高元音[u]與舌面前高元音[i]之間所產生之過渡音。

（二）高元音[i]在《等子》本攝中屬韻尾。則本攝韻母擬爲開口之[əi]與合口之[uəi]。後世合口[ui]韻母乃失落極弱之主要元音[ə]而成。

茲將兩種假設以下式表明之：

（一）《等子》開口 /i/ → i

合口 /ui/ → $\left\{ \begin{array}{l} \text{ui} \\ \text{uəi} > \text{uei} \end{array} \right\}$

（二）《等子》開口 /əi/ → i

合口 /uəi/ → $\left\{ \begin{array}{l} \text{ui} \\ \text{uei} \end{array} \right\}$

此應先說明者，即止攝字皆爲三等韻，切韻音當有介音[j]。然至《等子》時代，「支、脂、之、微」既已併合爲一類韻母，依常理推測，當不致爲一極複雜之[jəi]與[juəi]。亦即介音[j]當已消失，而變爲與現代方言近似之形式矣。同時，本攝一、二、四等皆無字，無對比衝突之可能，故雖無介音[i]，《等子》亦依據傳統置於三等，而未移至一等或二等也。

或云，南方方言大部分爲[ui]式，北方方言爲[uei]式，古音之演變，南方較常爲保守，故保存古讀之可能性較北方爲大，如《等子》擬爲上述之第（二）式，豈非北方方言保存較早之形式，南方方言反發生變化耶？

然而，考南方方言有重唇音尙未變化爲輕唇音之例、有舌頭音尙未變爲舌上之例，則南方方言所承襲之古音，當更早於《四聲等子》，故《等子》之擬音寧偏重於北方方言之事實，《等子》之產生亦在北方，以現代北方各方言爲《等子》音系之直系後裔，亦不爲過也。因此，本攝韻母擬音採第（二）式假設，即開口爲[əi]，合口爲[uəi]。

後世開口字失落發音響度較低之央元音[ə]，而精系字及後世之捲舌聲母字韻母均轉爲舌尖元音[ɿ]。合口之主要元音[ə]受韻尾[i]之同化，使發音部位前移，成爲[e]或[ɛ]。此其一也。

第（一）式假設與第（二）式假設就《等子》之音系而言，並無對比性存在，固可視爲同位詞（allomorph）。然爲系統上之齊整亦以第（二）式較妥。因《等子》各攝別無[i]做主要元音者，擬爲[əi]與[uəi]則能與[ə]類韻攝形成系統，與收[-u]之流攝、收[-n]之臻攝、收[-ŋ]之曾攝、收[-m]之深攝相配合。語音分配之系統性，實爲語言之普遍現象也。此其二也。

與止攝相配之入聲「陌、昔、職、錫、迄、質、術、物」各韻字又與主要

元音爲[ə]之曾、臻二攝相配，故此類入聲字之主要元音皆當有[ə]之成分。止攝字韻母如擬爲[i]與[ui]，焉能與主要元音爲[ə]之入聲相配耶？故止攝韻母之音值亦當已上述之第（二）式假設爲妥也，即其韻母中亦當有[ə]成分在焉。此其三也。

由以上三項論證，可知止攝爲[ə]類韻攝，而具有韻尾[i]。此韻尾[i]之發音性質與蟹攝之韻尾[i]稍有不同。蟹攝之主要元音屬[a]類，其發音聲勢較強，故韻尾僅有滑音（glide）之性質。因此，蟹攝後世多有失落韻尾者。止攝之主要元音[ə]，發音聲勢較弱，韻尾[i]之發音乃相對增強，屬純粹之元音，故後世止攝開口字均變爲單元因[i]爲其韻母。

本攝字韻尾失落者唯獨四川之[−ue]（＜uei＜uəi）。北京合口字高本漢之記音爲[−ui]，驗之國語當爲[−uei]，或高氏之疏也。同時，國語此[−uei]韻母之韻尾有逐漸轉弱而消失之傾向。

本攝韻母擬音總結如下：

	三等
開　口	əi
合　口	uəi

捌、流攝擬音

本攝各等韻母，現代方言之音讀如下：

	一等侯韻			三等尤、幽韻				
	口（溪）	斗（端）	母（明）	求（群）	抽（徹）	浮（奉）	囚（邪）	幼（影）
廣州	au	au	ou	au	au	au	au	iau
客家	eu	eu	u	iu	iu	eu	iu	iu
汕頭	ou	ou	u	iu	iu	u	iu	iu
福州	eu	eu	u	iu	iu	eu	iu	eu
溫州	au	au	u	iau	iu	ə	iu	iau
上海	əu	əu	u	iə	ə	ə	iə	iə
北京	ou	ou	u	iu	ou	ou	iu	iu
開封	ou	ou	u	iu	ou	u	iu	iu

懷慶	ou	ou	u	iu	ou	u	iu	iu
歸化	ɛu	ɛu	u	ieu	ɛu	u	ieu	ieu
大同	ɛu	ɛu	ũ	ieu	ɛu	u	ieu	ieu
太原	ɛu	ɛu	u	ieu	ɛu	u	ieu	ieu
興縣	o	o	u	io	o	u	io	io
太谷	əθ	əθ	u	ieθ	əθ	u	ieθ	ieθ
文水	əθ	əθ	u	ieθ	əθ	u	ieθ	ieθ
鳳台	aɯ	aɯ	u	iaɯ	aɯ	u	iaɯ	iaɯ
蘭州	əɯ	əɯ	u	iɯ	aɯ	u	iɯ	iɯ
平涼	ou	ou	u	iu	ou	u	iu	iu
西安	ou	ou	u	iu	ou	u	iu	iu
三水	ou	ou	u	iu	ou	u	iu	iu
四川	əo	əo	u	iu	əo	u	iu	iu
南京	əθ	əθ	u	iu	əθ	əθ	iu	iu

　　本攝僅有一等韻與三等韻，各方言之韻尾爲舌面後高元音[-u]。興縣及上海之三等韻已失落韻尾，而變爲[io]及[iə]韻母。太谷、文水、南京之韻尾受主要元音同化而發音部位稍前移，成爲中元音[-θ]（較央元音[ə]稍高）。鳳台、蘭州之韻尾失落圓脣之成分，變爲展脣而與[-u]同部位之[-ɯ]。四川之韻母有變爲[-əo]者，則較爲特殊。

　　各方言之主要元音分別極爲複雜，計有前元音[a]、[ɛ]、[e]，中元音[ə]，後元音[o]五類。《等子》當非前元音，因另有收[-u]韻尾之效攝字與之衝突。國語之主要元音爲[o]，《等子》亦不可能爲後元音[o]，因後世方言多有變爲前元音者，發音部位相去過遠也。較合理之推測，《等子》之主要元音當爲[ə]，與上海、太谷、文水、蘭州、四川、南京等方言相同。央元音[ə]之發音較一般元音爲弱，故易於失落。大部分方言均有失落主要元音[ə]而轉爲[-iu]韻母之例。

　　本攝脣音字大部分方言均讀爲單元音[u]，如一等之「部、母」等字、三等之「浮、婦、復、富、副」等字。其原因有二：

　　（一）主要元音[ə]失落，一等變爲[u]，三等變爲[iu]。

（二）三等之新韻母[iu]正合於輕唇音發生之條件，故「浮、婦」等字聲
　　母變爲輕唇音。其後，介音[i]復失落而成單元音韻母[u]，蓋凡輕
　　唇音現代方言皆無配細音者。

　　三等韻失落主要元音爲各方言之普遍現象，故各方言多有讀爲[iu]者。本
攝主要元音[ə]之發音既較弱，韻尾[-u]乃相對強化。效攝之韻尾雖亦爲[-u]，
其發音性質則稍有差異，效攝具有[a]類主要元音，其發音聲勢較強，故韻尾僅
有滑音之性質。情況正與止攝之於蟹攝同。

　　各方言主要元音之變化除失落者外，有發音部位前移而成爲前元音[a]、
[ɛ]、[e]者；有發音部位後移而成爲後元音[o]者。其演變如下：

$$一等\ au \rightarrow \begin{cases} (1)au 、ɛu 、eu \\ (2)əθ 、əɯ 、əo \\ (3)ou \\ (4)u/唇音— \end{cases}$$

$$三等\ iəu \rightarrow \begin{cases} (1)iu 、iɯ \\ (2)ieu 、iaɯ 、ieθ \\ (3)u/唇音— \\ (4)ou 、ɛu/舌、齒音 \end{cases}$$

北方方言之舌、齒音字三等均失落介音[i]而讀爲開口洪音韻母，蓋其聲母後世
變爲捲舌音之故。

　　三等韻唇音之韻母爲[-iəu]，不合於輕唇音演變之條件，故《等子》本攝
三等唇音「富、副、復」等字或尚讀爲重唇也。其轉爲輕唇，必待主要元音[ə]
失落之後也。其演變如下：

　　《等子》piəu＞pi(ə)u＞fiu＞fu

至於三等之「不、謀」等字至今仍讀爲重唇，或因其[i]介音失落甚早。由《切
韻指掌圖》正置「謀」字於流攝一等（第四圖）可知也。其演變過程如下：

　　「不」piəu＞pəu＞pu

　　「謀」miəu＞məu＞mou

　　本攝僅有一圖，不分開合。其韻母總結如下：

一等	三等
əu	iəu

玖、臻攝擬音

本攝各等韻母，現代方言之音讀如下：

一等痕、魂韻

	吞（透）	坤（溪）	屯（定）	門（明）
廣州	ɐn	uɐn	yn	un
客家		un	un	un
汕頭		un	un	un
福州	ouŋ	ouŋ	uŋ	uoŋ
溫州	œ	uaŋ	œ	aŋ
上海	ǝŋ	ǝŋ	ǝŋ	ǝŋ
北京	uǝn	un	un	un
開封	ne	uǝn	uǝn	ne
懷慶		ueⁿ	ueⁿ	ǝⁿ
歸化	ǝŋ	uoŋ	ǝŋ	ǝŋ
大同	ǝŋ	uoŋ	uoŋ	ǝŋ
太原	ǝŋ	uŋ	uŋ	ǝŋ
興縣	ɔ̃	uɔ̃	uɔ̃	ɔ̃
太谷	õ	ũ	ũ	õ
文水	ɔ̃	ũ	ũ	ɔ̃
鳳台		uæ̃	uæ̃	ã
蘭州	ə̃	uə̃	uə̃	ə̃
平涼	ə̃	uə̃	uə̃	ə̃
西安	ɜ̃	uɜ̃	uɜ̃	ɜ̃
三水	ɜ̃	uɜ̃	uɜ̃	ɜ̃
四川	en	uen	en	en
南京		uen	uen	ǝŋ

　　本攝僅有一等與三等字，與流攝同。但分爲開、合二圖。其中，「臻、
櫛」二韻字雖屬二等韻，卻僅有莊系字，同攝「眞、質」二韻則正缺莊系字
（照二）。與眞韻相配之上、去聲「軫、震」二韻復具有莊系字，而「臻、櫛」
二韻恰無相當之上、去聲字。因此，根據互補之原則，「臻、櫛」二韻字實可
併入「眞、質」二韻，擬其音讀時，可無須再加區別，現代方言二者亦無不同
也。

　　各方言之韻尾有作舌尖鼻音[-n]者、亦有舌根鼻音[-ŋ]者。與主要元音同
類之曾攝相較，更參以歷史之事實（切韻音本攝屬[-n]韻尾），《等子》本攝韻
尾當爲[-n]。福州、吳語、歸化、大同、太原等方言發音部位後移爲[-ŋ]。福
州音凡陽聲韻以[-ŋ]收尾。吳語與北方之歸化、大同、太原陽聲韻字有失落韻
尾者，亦有保留者，凡保留之韻尾一律均變爲[-ŋ]，[-n]韻尾以不復見於上述
諸方言中矣。懷慶則收[-m]、[-n]韻尾之字均變爲舌面鼻音[-ȵ]，凡收[-ŋ]
之字皆保持不變，此亦可知鼻音韻尾後移之傾向矣。

　　北方各方言失落韻尾者，主要元音均發生鼻化，如興縣、太谷、文水、鳳
台、蘭州、平涼、西安、三水。失落韻尾而未產生鼻化元音者，爲溫州之舌尖
音字。

　　各方言主要元音極爲複雜，有前元音[ɛ]、[e]，有中元音[ɐ]、[ə]，有後
元音[o]。情況大致與流攝同。《等子》如擬爲前元音，則與同收[-n]韻尾之山
攝相衝突。讀後元音僅太谷一地；讀央元音者，較爲普遍。《等子》當擬爲[ə]。
廣州之張口度稍大，成爲[ɐ]。西安、三水、四川、南京之發音部位前移，故由
[ə]變爲[ɛ]與[e]。

　　合口韻母當擬爲[-uən]，各方言有失落主要元音者，讀爲[-un]，亦有同
時失落主要元音與韻尾者，如太谷、文水讀爲[ũ]。其演變如下：

$$
\text{一等合口 uən} \longrightarrow
\begin{cases}
(1)\text{uɐn、uaŋ、uən、uen、uoŋ} \\
(2)\text{un、uŋ} \\
(3)\text{uɔ̃、uɛ̃、ũ} \\
(4)\text{aŋ、ən、əŋ、ã、ɔ̃、ɛ̃、en/脣音}
\end{cases}
$$

三等真、欣、諄、文韻

	斤（見）	珍（知）	賓（幫）	津（精）	君（見）	椿（徹）	文（微）	準（章）
廣州	ɐn	ɐn	ɐn	θn	uɐn	θn	ɐn	θn
客家	iun		in	in	iun	un	un	un
汕頭	uŋ		in	in	un	un	un	un
福州	yŋ	ɛiŋ	iŋ	iŋ	uŋ	uŋ	uŋ	uŋ
溫州	iaŋ	aŋ	iŋ	aŋ	iuŋ	iuŋ	aŋ	iuŋ
上海	iəɲ	əɲ	iɲ	iɲ	yiɲ	əɲ	əɲ	əɲ
北京	in	ən	in	in	yn	un	uən	un
開封	in	ən	in	in	yən	uən	uən	uən
懷慶	iɲ		iɲ	iɲ	yin	ueɲ	eɲ	ueɲ
歸化	iɛŋ	əŋ	iɛŋ	iɛŋ	yəŋ	əŋ	əŋ	əŋ
大同	iəŋ	əŋ	iəŋ	iəŋ	yθŋ	uoŋ	əŋ	uoŋ
太原	iəŋ	əŋ	iəŋ	iəŋ	yuŋ	uŋ	əŋ	uŋ
興縣	iã	ã	iã	iã	yã	uã	ã	uã
太谷	iã		iã	iã	yũ	ũ	uõ	ũ
文水	iã		iâ	iâ	yũ	ũ	ũ	uõ
鳳台	iẽ	ã	ẽ	iẽ	yẽ	uæ	uã	uæ̃
蘭州	iã	ã	iã	iã	yã	uã	uã	uã
平涼	iã		iã	iã	yũ	uã	uã	uã
西安	iẽ	ẽ	iẽ	iẽ	yẽ	ẽ	ẽ	ẽ
三水	iẽ	ẽ	iẽ	iẽ	yẽ	ãũ	ãũ	ãũ
四川	in	en	in	in	yin	uen	uen	uen
南京	iŋ	əŋ	iŋ	iŋ	yin	uen	un	uen

　　三等韻開口之介音爲[i]，各方言在舌上音知系字、正齒音照系字中失落，韻母乃變爲洪音。各方言有失落主要元音[ə]而變爲[in]者，亦有失落韻尾[-n]而變爲[iã]、[iẽ]者。韻母乃保留 VVC 三音位之結構者，僅歸化、大同、太原等方言。其演變如下：

$$iən \rightarrow \begin{cases} (1)iən \cdot iɛŋ \\ (2)in \cdot iŋ \\ (3)iə̃ \cdot iẽ \cdot iɛ \end{cases}$$

合口字各方言之介音僅舌根音見系字與影系字讀為[y]，知系字、照系字、精系字與舌齒音字之介音為[u]。二者皆由早期之[iu]介音變來。唇音字則因異化作用而失落合口介音[u]，僅微母字大部分方言變為無聲母，故無從產生異化，因而至今仍保有介音[u]。

《等子》三等合口韻母擬為[iuən]，其演變如下：

$$iuən \rightarrow \begin{cases} (1)yən/舌根音— \\ (2)uən＞un \cdot uə̃ \\ (3)ən/唇音 \end{cases}$$

本攝韻母音值之擬測，總結如下：

	一等	三等
開　口	ən	iən
合　口	uən	iuən

拾、曾攝擬音

本攝各等韻母，現代方言之音讀如下：

一等登韻

	肯（溪）	登（端）	崩（幫）	更（見）	迸（幫）	爭（莊）	行（匣）	橫（匣）
廣州	ɐŋ	ɐŋ	ɐŋ	ɐŋ	iŋ	aŋ	ɐŋ	uaŋ
客家	en	en	en	en	in	en	en	an
汕頭	ɛŋ	ɛŋ	ɛŋ	ɛŋ	ɛŋ	ɛŋ	ɛŋ	uaŋ
福州	ɛiŋ	ɛiŋ	ɛiŋ	ɛiŋ	ɛiŋ	ɛiŋ	ɛiŋ	uaŋ
溫州	aŋ	aŋ	aŋ	ɛ	iŋ	ɛ	ɛ	au
上海	ɣŋ	ɣŋ	ɣŋ	ɣŋ	ɣŋ	ɣŋ	iəŋ	uəŋ
北京	əŋ	əŋ	əŋ	əŋ	əŋ	əŋ	iŋ	əŋ
開封	əŋ	əŋ	əŋ	iŋ	əŋ	iŋ	uŋ

懷慶		əŋ	əŋ	əŋ	əŋ	əŋ	iŋ	uŋ
歸化	əŋ	əŋ	əŋ	əŋ	əŋ	əŋ	iɜŋ	uoŋ
大同	əŋ	əŋ	əŋ	əŋ	əŋ	əŋ	iəŋ	uoŋ
太原	əŋ	əŋ	əŋ	əŋ	əŋ	əŋ	iəŋ	uŋ
興縣	ə̃	ə̃	ə̃	ə̃	iə̃	ə̃	iə̃	uə̃
太谷	õ	õ	õ	õ	õ	õ	iə̃	ũ
文水	ə̃	ə̃	ə̃	ə̃	ə̃	ə̃	iə̃	ũ
鳳台	ã	ã	ã	ã	ẽ	ã	iẽ	uŋ
蘭州	ə̃	ə̃	ə̃	ə̃	iə̃	ə̃	iə̃	uə̃
平涼	ə̃	ə̃	ə̃	ə̃	iə̃	ə̃	iə̃	uə̃
西安		əŋ	əŋ	əŋ	əŋ	əŋ	iŋ	uoŋ
三水		əŋ	əŋ	əŋ	əŋ	əŋ	iŋ	uoŋ
四川	en	en	en	en	in	en	in	oŋ
南京	əŋ	əŋ	əŋ	əŋ		əŋ	iŋ	

　　本攝攝名分爲「曾」與「梗」，因語音之簡併，主要元音類化爲一，故《等子》合爲一攝，而分開、合二圖。由現代方言觀之，《等子》當具有主要元音[ə]。《等子》凡[ə]類韻攝均無一、二等字對立之現象，唯獨本攝一等有登韻字，二等有庚、耕韻字，則一、二等之區別何在？吾人可作以下判斷：

　　其一，由現代方言證之，一等韻母與二等韻母並無絲毫區別之迹象。

　　其二，由歷史事實觀之，切韻音凡具有[ə]類韻母之韻，從不發生一、二等對立之情況。

　　其三，由《等子》本身觀之，凡[a]類元音一、二等對立爲普遍存在之現象，[a]類韻攝共有六攝，而六攝均分別一、二等。[ə]類韻攝共五攝，僅本攝一、二等字並見。語音分配常成爲對襯整齊之系統，如本攝一、二等必賦予語音之區別，則[ə]類一等韻母（əŋʔ）豈孤單若此耶？

　　由此可斷定本攝一等韻之登韻字與二等韻之耕、庚韻字，《等子》音系已無語音區別存在。一等本屬曾攝，二等本屬梗攝，二攝主要元音合爲一類時，其一、二等之區別亦同時消失。其所以分別排列者，因《等子》多爲橫向之合併，極少縱向之合併也。故《等子》一、二等字之韻母均擬爲[-əŋ]。

本攝之韻尾由歷史事實及方言現象證之，當為[-ŋ]。僅客家、四川讀為舌尖鼻音[-n]。北方方言如太谷、興縣、文水、鳳台、蘭州、平涼則失落韻尾而形成鼻化韻母。溫州方言一部份字亦無韻尾，然元音未鼻化。

二等字之韻母與一等併為一類，僅少數二等字有讀開口細音者，與三、四等字相同。如「行」字，北方均有介音[i]。「迸」字廣州、客家、溫州、開封、興縣、蘭州、平涼、四川亦有介音[i]。此類字較為特殊，或係三等韻類化之結果。

《等子》[ə]類韻攝實無二等韻母存在，故本攝二等字之演變分化為二類，一類歸入一等韻，讀為開口洪音；一類歸入三等韻，讀為開口細音。但因後者之數量極少，故《等子》均擬為一等之[əŋ]，合口亦無論一、二等，均擬為[uəŋ]。

主要元音之演變，閩粵方言有讀前元音[a]、[ɛ]者，北方大部分為[ə]，太谷為後元音[o]，此稍向前或向後之移動，乃[ə]類韻攝所共有之現象。

合口字有失落主要元音[ə]，成為[uŋ]韻母者，如開封、懷慶、太原、鳳台；有主要元音、鼻音韻尾皆失落者，如太谷、文水等方言。其演變如下：

uəŋ＞uŋ＞ũ

三等庚、蒸、清韻

	凝（疑）	徵（知）	憑（並）	精（精）	英（影）	傾（溪）	兵（幫）	兄（曉）
廣州	iŋ	iŋ		iŋ	iŋ	iŋ	iŋ	iŋ
客家	eŋ	in	in	in	in	in	in	iuŋ
汕頭	ɛŋ	ɛŋ	ɛŋ	ɛŋ	ɛŋ	uaŋ	ɛŋ	ioŋ
福州	iŋ	iŋ	iŋ	iŋ	iŋ	iŋ	iŋ	iŋ
溫州	iaŋ	iŋ	iŋ	iŋ	iaŋ	iuŋ	iŋ	iuŋ
上海	iəŋ	əŋ	iŋ	iŋ	iəŋ	iəŋ	iŋ	ioŋ
北京	iŋ	əŋ	iŋ	iŋ	iŋ	iŋ	iŋ	yuŋ
開封	iŋ	əŋ	iŋ	iŋ	iŋ	yuŋ	iŋ	yuŋ
懷慶	iŋ	əŋ	iŋ	iŋ	iŋ	yuŋ	iŋ	yuŋ
歸化	iɛŋ	əŋ	iɛŋ	iɛŋ	iɛŋ	iɛŋ	iɛŋ	yəŋ
大同	iəŋ	əŋ	iəŋ	iəŋ	iəŋ	iəŋ	iəŋ	yθŋ
太原	iəŋ	əŋ	iəŋ	iəŋ	iəŋ	iəŋ	iəŋ	yuŋ

興縣	iə̃	ə̃	iə̃	iə̃	iə̃	iə̃	iə̃	yə̃
太谷	iə̃	õ	iə̃	iə̃	iə̃	iə̃	iə̃	yũ
文水	iə̃	ə̃	iə̃	iə̃	iə̃	iə̃	iə̃	yũ
鳳台	i	ã	iẽ	iẽ	iẽ	iẽ	iẽ	yuŋ
蘭州	iə̃	ə̃	iə̃	iə̃	iə̃	iə̃	iə̃	yə̃
平涼	iə̃	ə̃	iə̃	iə̃	iə̃	iə̃	iə̃	yũ
西安	iŋ	əŋ	iŋ	iŋ	iŋ	iŋ	iŋ	yuŋ
三水	iŋ	əŋ	iŋ	iŋ	iŋ	yuŋ	iŋ	yuŋ
四川	in	en	in	in	in	yin	in	ioŋ
南京	iŋ	əŋ	iŋ	iŋ	iŋ	iŋ	iŋ	iuŋ

四等青韻

	經（見）	定（定）	瓶（並）	靈（來）
廣州	iŋ	iŋ	iŋ	iŋ
客家	in	in	in	in
汕頭	ɛŋ	ɛŋ	ɛŋ	ɛŋ
福州	iŋ	ɛiŋ	iŋ	iŋ
溫州	iaŋ	iŋ	iŋ	iŋ
上海	iəŋ	iŋ	iŋ	iŋ
北京	iŋ	iŋ	iŋ	iŋ
開封	iŋ	iŋ	iŋ	iŋ
懷慶	iŋ	iŋ	iŋ	iŋ
歸化	iɛŋ	iɛŋ	iɛŋ	eɛŋ
大同	iəŋ	iəŋ	iəŋ	eəŋ
太原	iəŋ	iəŋ	iəŋ	eəŋ
興縣	iə̃	iə̃	iə̃	eə̃
太谷	iə̃	iə̃	iə̃	eə̃
文水	iə̃	iə̃	iə̃	eə̃
鳳台	iẽ	iẽ	iẽ	ẽ

蘭州	iə̃	iə̃	iə̃	eə̃
平涼	iə̃	iə̃	iə̃	eə̃
西安	iŋ	iŋ	iŋ	eŋ
三水	iŋ	iŋ	iŋ	eŋ
四川	in	in	in	in
南京	iŋ	iŋ	iŋ	iŋ

各方言之三、四等韻已無區別。《四聲等子》時代已混為一類；開口韻母擬為[iəŋ]，合口韻母擬為[iuəŋ]。

韻母之演變，最顯著易見者，為音素之失落。蓋人類語言之發音習慣無不趨向簡化，在無礙辨義之原則下，《等子》韻母之音位變而為現代方言，常由三而二，由二而一，此音位段（segmental phoneme）之減省，實為近古語言演變之主要方式。本攝三等韻母之簡化方式有三，依各方言之發音習慣而有不同：一為失落主要元音，一為失落韻尾，一為失落介音。茲以下表示：

$$iəŋ \rightarrow \begin{cases} (1)\,iŋ \\ (2)\,iə̃ \\ (3)\,əŋ/知、照系— \end{cases}$$

知系字與照系字之轉為洪音亦為聲母後世變為捲舌之故。興縣、太谷、文水、鳳台、蘭州、平涼之「知、照」系字，其韻母僅遺留一鼻化元音[ə̃]、[ɤ̃]或[ã]。

合口之主要元音一部分方言受舌根韻尾[-ŋ]之同化而變為[u]（＜ə），如「兄、傾」二字開封、懷慶、三水均讀為[yuŋ]。亦有主要元音轉為[u]後，韻尾復失落者，如太谷、文水、平涼讀「兄」字之韻母為[yũ]。其演變過程列式如下：

iuəŋ＞iuŋ＞yuŋ＞yũ

本攝合口介音之演變有二，一部份字失落[u]成分而成為[i]介音，如廣州、福州、北京讀「傾」字為[-iŋ]，客家、溫州、南京讀「兄」字為[-iuŋ]。另一部分發生唇化作用（labialization）而成為[y]介音。如「傾」字開封、三水讀為[-yuŋ]，「兄」字北京、開封亦讀為[-yuŋ]。

部分方言中之來母字似有介音[e]之存在，因其分配只固定於舌尖邊音之後，就音位而言，並無區分之必要。

本攝韻母音值之擬測，總結如下：

	一等	二等	三、四等
開　口	əŋ	əŋ	iəŋ
合　口	uəŋ	uəŋ	iuəŋ

拾壹、深攝擬音

本攝韻母，現代方言之音讀如下：

三等侵韻

	琴（群）	沈（澄）	品（滂）	甚（禪）	浸（精）	音（影）
廣州	ɐm	ɐm	ɐm	ɐm	ɐm	iɐm
客家	im	im	in	im	im	im
汕頭	im	im	in	im	im	im
福州	iŋ	iŋ	iŋ	ɛiŋ	ɛiŋ	iŋ
溫州	iaŋ	aŋ	iŋ	aŋ	aŋ	iaŋ
上海	iəɲ	əɲ	iɲ	əɲ	iɲ	iəɲ
北京	in	ən	in	ən	in	in
開封	in	ən	in	ən	in	in
懷慶	iɲ	əɲ	iɲ	əɲ	iɲ	iɲ
歸化	iɛŋ	əŋ	iɛŋ	əŋ	iɛŋ	iɛŋ
大同	iəŋ	əŋ	iəŋ	əŋ	iəŋ	iəŋ
太原	iəŋ	əŋ	iəŋ	əŋ	iəŋ	iəŋ
興縣	iẽ	ẽ	iẽ	ẽ	iẽ	iẽ
太谷	iẽ	õ	iẽ	õ	iẽ	iẽ
文水	iẽ	ẽ	iẽ	ẽ	iẽ	iẽ
鳳台	iẽ	ã	iẽ	ã	iẽ	iẽ
蘭州	iẽ	ẽ	iẽ	ẽ	iẽ	iẽ
平涼	iẽ	ẽ	iẽ	ẽ	iẽ	iẽ
西安	iɛ̃	ɛ̃	iɛ̃	ɛ̃	iɛ̃	iɛ̃
三水	iɛ̃	ɛ̃	iɛ̃	ɛ̃	iɛ̃	iɛ̃

四川	in	en	in	en	in	in
南京	iŋ	əŋ	in	əŋ	iŋ	iŋ

　　本攝僅有三等韻，不分開合。各方言之韻尾有作[-m]者，有作[-n]者，有作[-ŋ]者。考本攝主要元音與臻攝、曾攝同類，則其分別必在韻尾，臻攝屬[-n]尾，曾攝屬[-ŋ]尾，故本攝韻尾當爲[-m]。凡一攝中，三類韻尾並見於方言者，其來源必爲[-m]。因[-m]之發音部位最前，而鼻音韻尾之演變有部位後移之傾向，決無反而移前變爲[-m]者。因此，方言中[-m]之存在可推證其必屬古語之遺留。

　　北方各方言之[-m]韻尾均已不存。福州、吳語、歸化、大同、太原、南京變爲[-ŋ]。北京、開封、四川則變爲[-n]。廣州、客家、汕頭具有[-m]，唯其脣音字因異化作用而使韻尾轉爲[-n]。懷慶爲舌面鼻音[-ȵ]。其餘各北方方言均已失落韻尾而形成鼻化元音韻母。

　　各方言之主要元音大致爲央元音[ə]，廣州爲發音部位稍低之中元音[ɐ]。各方言中多有失落主要元音而成爲[-im]、[-in]或[-iŋ]者。溫州、歸化、鳳台、西安、三水、四川之主要元音爲前元者[a]、[ɛ]、[e]。太谷部分字爲[o]。此類分佈情況，正爲[ə]類韻攝所共有。故《等子》之主要元音必爲[ə]無疑。

　　各方言之介音均爲[i]，爲廣州讀爲洪音。

　　北方方言知系字及照系字因後世聲母變爲捲舌，故失落介音[i]，成爲洪音字。

　　本攝韻母之演變大要如下：

$$iəm \rightarrow \begin{cases} (1)\,ən、əŋ、\tilde{ə}/知、照系— \\ (2)\,im、in、iŋ \\ (3)\,i\tilde{ə}、i\tilde{e}、i\tilde{ɛ} \end{cases}$$

拾貳、遇攝擬音

　　本攝各等韻母，現代方言之音讀如下：

	一等模韻			三等魚、虞韻				
	吾（疑）	土（透）	補（幫）	去（溪）	廚（澄）	天（非）	取（清）	于（云）
廣州	ŋ	ou	ou	θy	y	u	θy	y

客家	ŋ	u	u	i	u	u	i	i
汕頭	u	u	u	ɯ	u	u	u	u
福州	u	u	uo	œy	io	u	y	y
溫州	m̩	ʉ	ʉ	y	y	ʉ	i	y
上海	u	u	u	y	ɥ	u	y	y
北京	u	u	u	y	u	u	y	y
開封	u	u	u	y	u	u	y	y
懷慶	u	u	u	y	u	u	y	y
歸化	u	u	u	y	u	u	y	y
大同	u	u	u	y	u	u	y	y
太原	u	u	u	y	u	u	y	y
興縣	u	u	u	yi	u	u	yi	yi
太谷	u	o	u	y	u	u	y	y
文水	u	u	u	y	u	u	y	y
鳳台	u	u	u	y	u	u	y	y
蘭州	u	u	u	y	u	u	y	y
平涼	u	u	u	y	ʅ	u	y	y
西安	u	ou	u	y	u	u	y	y
三水	u	u	u	y	ɥ	u	y	y
四川	u	u	u	y	u	u	y	y
南京	u	u	u	y	u	u	y	y

本攝僅有一等韻與三等韻。一等韻之韻母各方言均為單元音[u]。《等子》亦當擬為[u]。少數字作[-ou]者，如廣州、西安方言讀「土」字。或受流攝字類化之故。流攝字後世亦有變入此攝而讀為[u]韻母者，例如其唇音字「部、母、富、浮」等字。此因二攝音讀相近而然者。溫州之發音部位叫偏前，為舌面中高元音[ʉ]，可視為例外。舌根音疑母字廣州、客家失落韻母，獨存音節性之輔音[ŋ̍]（＜ŋu），溫州則變為雙唇鼻音[m̩]。

《四聲等子》三等韻當為[-iu]。現代方言演變為二類：一為單元音韻母[-u]，見於唇音字、知系字、照系字及日母字中。唇音受韻母[iu]之影響，由中

古之重唇變爲輕唇。同時失落介音[i]，因唇齒音與舌面前高元音不相配也。知、照系字則因聲母後世變爲捲舌，與介音[i]亦不相容，故脫落而成單韻母[u]。

另一類字之韻母方言變爲[y]，見於舌根音見系字、影系字、齒頭音精系字及來母字中。其產生乃介音[i]受圓唇音[u]之唇化作用，發音部位雖仍保持於舌面前高元音，而唇形則由展而圓，[u]則同時失落，乃變爲[y]韻母也。

興縣[y]之後跟隨一韻尾[i]，屬特殊之例。廣州音之[y]韻母前常有類似滑音之[θ]存在，然並不足構成音位之區分。客家語無[y]韻母，故凡[y]皆變讀爲展唇之[i]。汕頭音無論一等或三等字，韻母均爲[u]，此或係三等字受一等字類化之結果。

本攝僅一圖，不分開合。韻母音值及其演變如下：

一等	三等
u → u	iu → u、y

拾參、通攝擬音

本攝各等韻母，現代方言之音讀如下：

	一等東、冬韻				三等東、鍾韻			
	空（溪）	動（定）	蒙（明）	叢（從）	重（澄）	封（非）	崇（崇）	雍（影）
廣州	uŋ	uŋ	uŋ	uŋ	uŋ	uŋ	uŋ	iuŋ
客家	uŋ	uŋ	uŋ	uŋ	uŋ	uŋ	uŋ	iuŋ
汕頭	oŋ	oŋ	oŋ	oŋ	oŋ	oŋ	oŋ	ioŋ
福州	uŋ	ouŋ	uŋ	uŋ	œyŋ	uŋ	uŋ	yŋ
溫州	uŋ	uŋ	uŋ		yɔ	uŋ	uŋ	yɔ
上海	oŋ	oŋ	oŋ	oŋ	oŋ	oŋ	oŋ	ioŋ
北京	uŋ	uŋ	əŋ	uŋ	uŋ	əŋ	uŋ	iuŋ
開封	uŋ	uŋ	əŋ	əŋ	uŋ	əŋ	uŋ	iuŋ
懷慶	uŋ	uŋ	əŋ		uŋ	əŋ	uŋ	iuŋ
歸化	uoŋ	əŋ	əŋ	əŋ	əŋ	əŋ	əŋ	yəŋ
大同	uoŋ	uoŋ	əŋ	uoŋ	uoŋ	əŋ	uoŋ	yθŋ
太原	uŋ	uŋ	əŋ	uŋ	uŋ		uŋ	yuŋ

興縣	uə̃	uə̃	ə̃	uə̃	uə̃	uə̃	uə̃	yə̃
太谷	ũ	ũ	õ	ũ	ũ	õ	ũ	yũ
文水	ũ	ũo	ə̃	ũ	uõ	ũ	ũ	yũ
鳳台	uŋ	uŋ	əŋ	uŋ	uŋ	əŋ	uŋ	yuŋ
蘭州	uə̃	uə̃	ə̃	uə̃	uə̃	ə̃	uə̃	yə̃
平涼	uə̃	uə̃	ə̃	uə̃	uə̃	əŋ	uə̃	yũ
西安	uoŋ	uŋ	əŋ	uoŋ	uɛ	əŋ	uɛ	yuŋ
三水	uŋ	uoŋ	əŋ	uoŋ	uo	əŋ	uo	yuŋ
四川	oŋ	oŋ	oŋ	oŋ	oŋ	oŋ	oŋ	ioŋ
南京	uŋ	uŋ	əŋ	uŋ	uŋ	əŋ	uŋ	iuŋ

本攝僅有一等韻與三等韻，僅列一圖，不分開、合。與流攝、遇攝相同。

各方言之韻尾一致爲[-ŋ]。主要元音大部分方言爲[u]。故《等子》一等韻當擬作[-uŋ]。太谷、文水二地失落韻尾，並使主要元音鼻化爲[ũ]。其唇音字則因異化作用而使韻母變爲[õ]或[ə̃]（<ũ）。興縣、蘭州、平涼亦失落韻尾[-ŋ]，但並未直接鼻化其前之[u]，而留下一較輕之鼻化元音[ə̃]之痕迹，成爲[uə̃]韻母。

汕頭、上海、四川之主要元音發音部位變爲較低之[o]。歸化、大同、西安、山水之元音則分化爲[uo]（<u），成爲[-uoŋ]韻母。北方方言之[u]元音桓在唇音之後產生異化作用（單韻母[u]除外），非失落即轉爲它音。本攝唇音字之韻母大部分轉爲[-əŋ]（<-uŋ）。

歸納一等韻之演變如下：

$$uŋ → \begin{cases} (1) uŋ、oŋ、uoŋ \\ (2) ũ、uə̃ \\ (3) əŋ、ə̃/唇音字——— \end{cases}$$

三等韻當有介音[i]。然各方言多讀爲洪音韻母。其原因有三：

其一，知系字、莊系字（照二）、章系字（照三）及日母字後世聲母變爲捲舌音，使介音[i]受排擠而失落。故韻母音讀與一等相同。

其二，唇音字在[iu]韻母之前，由古代之重唇音變讀爲輕唇音，同時失落介音[i]。主要原因[u]復受聲母之異化作用，大部分方言均轉爲[ə]，情況同一

等韻。

　　其三，一部份舌根音見系字及半舌來母字，如「恭、恐、共、龍」後世發生不規則之演變，失落介音[i]，遂使韻母變爲洪者，與一等韻之「公、孔、籠」等字無復區別，舌根聲母亦因而保留不變，未受[i]介音之顎化。

　　歸化、興縣、蘭州等方言之主要原因一律變爲央元音[ə]（əŋ＜uŋ），其餘方言之主要元音仍爲後元音[u]或[o]。

　　尚保留介音之字，大都爲[y]，而非[i]。或受其後圓唇音[u]之影響而亦同化爲圓唇者。亦有方言之主要元音[u]使介音轉爲[y]後，本身復變爲展唇之[ə]，例如歸化之[-yəŋ]（＜-yuŋ＜-iuŋ）韻母。

　　保持早期[-iuŋ]韻母形式之方言唯廣州、客家。

　　本攝韻母音值之擬測及其演變如下：

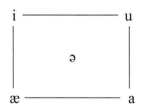

$$三等\ iuŋ \rightarrow \begin{cases} (1)uŋ、oŋ、əŋ、u\tilde{ə}、\tilde{u}/唇音、知照系字——— \\ (2)iuŋ、ioŋ、yuŋ、yəŋ、y\tilde{ə}、y\tilde{u} \end{cases}$$

一等	二等
uŋ	iuŋ

　　總括前述，《四聲等子》之元音系統，按其發音部位排列，計有下列五音：

$$\begin{array}{ccc} i & \!\!\!\!—————\!\!\!\! & u \\ & ə & \\ æ & \!\!\!\!—————\!\!\!\! & a \end{array}$$

第三節　《四聲等子》聲調研究

　　所謂「聲調」者，語言學家派克在其《聲調語》一書（Kenneth L. Pike "Tone Languages" 1948）中指出必俱備下列三項特性：

（一）能區別字義（lexically significant）：如吾人云「歡」有快樂之意，云「還」有歸還之意，云「緩」有延遲之意，云「換」有交易之意；其字聲韻母均相同，而有分別意義之作用，即聲調使然。又如mixteco語，ʒūkū 有「山」之意，ʒūkù 有「毛刷」之意，二者所構

成之音段並無不同，而前者語勢平舒，後者語勢下降，遂能構成不同之意義。

（二）對比性（contrastive）：彼此所擔負之功能不同稱為對比性。產生對比之聲調稱為「調位」（tonemes）。

（三）相對高音（relative pitch）：聲調因顫動之頻率（frequency）有多寡，故產生音高（pitch）之區別。然構成調位之音高乃比較而得，並非絕對音高，否則男性聲帶之振動數較低，女性發音器官之振動數較高，豈非各有其聲調系統哉？

語言之具有聲調不獨漢語為然，除印歐語系外，遍佈於美洲與非洲。可分為三系如下：

（一）東南亞：漢語、緬語、安南語、暹語。

（二）非洲：分佈於衣索匹亞西部至沙哈拉南部，計有蘇丹語（Sudanic）、班圖語（Bantu）、布西曼語（Bushman）、霍坦特語（Hottentot）等。

（三）美洲：分佈於美國或墨西哥西南部，計有米得哥語（Amuzgo）、馬沙得哥語（Mazateco）、阿姆哥語（Amuzgo）、查狄諾語（Chatino）、溪南得哥語（Chinanteco）、朝周語（Chocho）、貴加得哥語（Cuicateco）、奧多密語（Otomi）、特朗巴泥哥語（Tlapaneco）、追克語（Trique）、三波得哥語（Zapoteco）。

與漢語有密切關係之漢藏語族諸語言皆有聲調，如早期台語（Proto-Tai）聲調亦分為四類（見 Mary R. Haas "The Tones of Four Tai Dialect"），後世因聲母清、濁之影響而發生變化，幾與漢語聲調之演變相同。故漢語之聲調，其來源必極為久遠。

然而，古代學者發現聲調之存在實始自齊梁之際。沈約以之訂為詩文創作之規律，藉而錯綜字調之低昂，和諧文辭之節奏。因此而有「平、上、去、入」四聲之名。

四聲之性質舊來說者皆籠統模糊，如唐釋處忠《元和韻譜》曰：「平聲哀而安，上聲厲而舉，去聲清而遠，入聲直而促。」明釋真空《玉鑰匙歌訣》曰：「平聲平道莫低昂，上聲高呼猛烈強，去聲分明哀遠道，入聲短促急收藏。」由其所述，吾人僅知古代入聲發音短促，與現代南方方言相似。至於平、上、去三

聲之區別如何，已難以揣測，更無論其調值之擬定矣。入聲之所以短促，乃其具有塞音韻尾之故，塞音一發即逝，不同於鼻音、擦音之可延續也。

《四聲等子》之聲調爲傳統之「平、上、去、入」四類，歸字仍保存切韻四聲之分類而未加變動。《等子》四聲之分類是否即當時實際調值之分類？其中是否因聲母清、濁之異而有陰調、陽調之別？先由現代方言之聲調狀況觀之。

國語調位有四：一曰陰平，調值爲˥55；二曰陽平，調值爲˧˥35；三曰上聲，調值爲˨˩˦214；四曰去聲，調值爲˥˩51。其與《四聲等子》之歸類有以下不同：

（一）平聲之濁聲母字變爲陽平。

（二）全濁上聲字變爲去聲。

（三）入聲變入平、上、去中。

入聲消失之原因乃塞音韻尾之失落，韻母「末音位」之失落，常見於語音變化中。如英語原有[-ŋg]、[-mb]韻尾，後世塞音失落：long 來自古英語 longer [ˈlɔŋgr]、climb 來自古英語 clamber [ˈklɛmbr]是也。又希臘 to 來自梵文 tat，亦失落其韻尾塞音而成。

黃河流域各方言之聲調大致與國語相同。

長江下游與西南地區則常有五調，如南京、揚州分爲：陰平、陽平、上聲、去聲、入聲。入聲韻尾均爲[-ʔ]。

至於南部方言，其聲調系統較爲複雜，概況如下：

（一）吳語：以蘇州爲例，聲調有七：陰平、陽平、上聲、陰去、陽去、陰入、陽入。其入聲韻尾爲喉塞音[-ʔ]。

（二）閩南語：以廈門爲例，聲調共七類，每類之調值有二：本調與變調。凡單獨出現、或在輕聲字之前、或在句尾，屬本調。凡其後有其他字存在時，則爲變調。其調值如下：

	本調	變調		本調	變調	
陰平	˧44	˧33	陽平	˨˦24	˩11	˧33
陰上	˥˧53	˥55				
陰去	˩11	˥˩51	陽去	˧33	˩11	
陰入	˥˨42	˧44 ˥˧53	陽入	˧44	˩11	

入聲韻尾共有[-p]、[-t]、[-k]、[-ʔ]四類。

（三）閩北語：以福州音爲代表。聲調大致同閩南，唯韻尾僅有[-k]（或-ʔ）一類。

（四）客家語：可分爲「四縣」及「海陸」兩系統。前者包括興寧、五華、平遠、蕉嶺四縣，舊屬嘉應州，府治爲梅縣。後者包括海豐、陸豐，舊屬惠州府。二系之聲調頗有差異：

梅縣分六調：陰平˥44，陽平˩11，上聲˨˩31，去聲˥˨52
　　　　　　陰入˨˩21，陽入˥44

海豐分七調：陰平˥˧53，陽平˥˥55，上聲˧˩31，陰去˧˩31
　　　　　　陽去˨˨22，陰入˥˥55，陽入˧˨32

其入聲韻尾均收[-p]、[-t]、[-k]。

（五）粵語：以廣州話爲代表。聲調多達九類：陰平、陽平、陰上、陽上、陰去、陽去、陰入、陽入、中入。韻尾可分爲[-p]、[-t]、[-k]三類。

由以上之比較，可知各方言之聲調歧異甚大，難以決定《等子》究與何地方言之關係較密切，亦無絲毫線索可探尋《等子》之調值。所知唯其聲調區分爲四類，入聲尙保存，然其性質以不同於閩、粵方言，原收[-t]、[-k]之字，已變爲[-ʔ]韻尾，與長江流域保存入聲之方言相似。

依入聲與各攝配合之狀況，分列七組討論之：

第一組（切韻收-k）

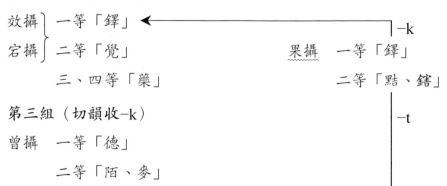

通攝
遇攝 〉 一等「屋、沃」
流攝 三等「燭、屋」

第二組（切韻收-k）

效攝
宕攝 〉 一等「鐸」 ←──────────── -k
　　　 二等「覺」　　　　　果攝　一等「鐸」
　　　 三、四等「藥」　　　　　　　二等「點、鎋」

第三組（切韻收-k）　　　　　　　　　　　　-t

曾攝　一等「德」
　　　 二等「陌、麥」

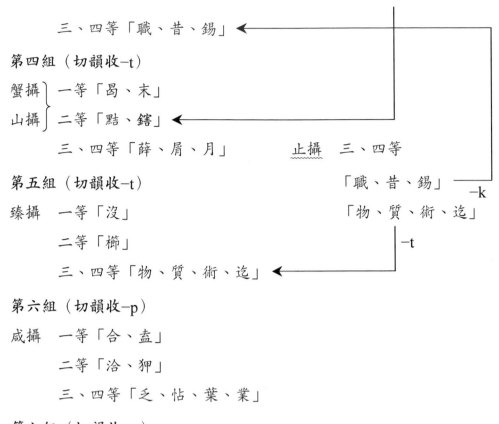

三、四等「職、昔、錫」

第四組（切韻收-t）

蟹攝 ⎫ 一等「曷、末」
山攝 ⎬ 二等「黠、鎋」

三、四等「薛、屑、月」　　　止攝　三、四等

第五組（切韻收-t）

臻攝　一等「沒」　　　　　　　　「職、昔、錫」　－k

　　　二等「櫛」　　　　　　　　「物、質、術、迄」

　　　三、四等「物、質、術、迄」　　　　　－t

第六組（切韻收-p）

咸攝　一等「合、盍」

　　　二等「洽、狎」

　　　三、四等「乏、怗、葉、業」

第七組（切韻收-p）

深攝　三等「緝」

由本表可知《四聲等子》之入聲分配，一改附陽聲之往例，而兼配陰聲，此措施實因語音系統之變動而產生者。其變動之情況若何？當需以現代方言考證之。茲分組討論於下：

第一組

「屋、沃、燭」三韻字本爲通攝「東、冬、鍾」之入聲，韻尾爲-k，等子又配遇攝與流攝。

「屋、沃」二韻字各方言已混而不分，《等子》既屬同攝同等，韻母亦當相同。其韻尾各方言可分三類：其一，保存切韻之-k尾；其二，發音部位後移爲-ʔ尾；其三，韻尾失落，入聲性質消失。

《等子》既置「屋、沃」於入聲之地位，並未與平、上、去相混淆，可知《等子》之入聲調尚保存。其兼配陰聲韻何故？較合理之解釋當爲入聲本身之性質已發生變化。亦即變爲喉塞音韻尾-ʔ。

至於「屋、沃」二韻之主要元音，各分言均爲u，《等子》亦當爲u，與遇攝之主要元音正相同。遇攝平、上、去聲韻母爲[u]與[iu]，入聲「屋、沃」爲

[uʔ]與[iuʔ]，韻母元音相同，僅前者發音舒緩，音節開放，後者發音急促，以部位極後之輔音使音節關閉而已。

流攝韻母爲[əu]與[iəu]，其中之央元音 ə 甚弱，故感覺上與[u]、[iu]韻母近似，故能與「屋、沃」相配也。

通攝韻母爲[uŋ]與[iuŋ]，主要元音雖與「屋、沃」相同，韻尾確有鼻音、口音之殊。《等子》仍以「屋、沃」等入聲配通攝者，實受傳統之影響也。

三等「屋」韻與「燭」韻各方言已無分別，《等子》亦混而不分。今擬作[-iuʔ]。現代方言在舌根聲母後，多變爲[y]韻母：

　　iuʔ＞iu＞y

精系字除北京讀爲[u]韻母外，大部分方言均爲[y]。山西、陝西方言略帶一[-ə]韻尾，當爲喉塞音消失後所殘留之痕迹。其他聲母後大部分失落介音[i]，而成爲洪音。同時韻尾-ʔ亦有轉爲-ə 者。

　　iuʔ＞uʔ＞uə

「屋、沃、燭」與所配各攝之韻母音值總結如下：

通攝	uŋ	iuŋ	———	uʔ	iuʔ
遇攝	u	iu	———	uʔ	iuʔ
流攝	əu	iəu	———	uʔ	iuʔ

第二組

「鐸、覺、藥」三韻字本爲宕（江）攝「唐、江、陽」諸韻之入聲，韻尾爲-k。《等子》又以之與效攝相配。一等鐸韻又與果攝相配。

各方言韻尾亦有三類變化：其一，仍保存-k；其二，變爲-ʔ；其三，韻尾失落。《等子》既配陰聲，-k 尾當已發聲變化；又未與平、上、去聲相混，可知「鐸、覺、藥」三韻之韻尾爲-ʔ。此現象爲入聲消失前之過渡階段，亦即入聲作用之轉弱。

至於鐸韻主要元音，方言有[a]、[o]二類；鳳台、文水、太谷、大同、太原屬[a]類，其餘方言讀爲[o]，北京則有變爲展唇音[ɤ]者。《等子》鐸韻主要元音究屬何類？考鐸韻相配之效攝、宕攝、果攝均爲後低元音[ɑ]，而鐸韻之切韻音讀亦爲[ɑ]，等子擬當爲[ɑ]無疑。凡偏後之低元音[ɑ]後世易於變爲[o]，此爲現代方言[o]韻母之主要來源。相同之變化亦見於平、上、去聲中，

可參攷「韻母擬音」一節。

二等「覺」韻現代方言舌根音生出介音[i]而變爲細音，其餘覺韻字之主要元音大致亦可分[a]、[o]二類。與一等相同，爲後世類化之結果。覺韻之主要元音既能影響舌根音字產生顎化介音，必爲發音部位偏前之低元音[æ]。正與相配之效攝二等韻主要元音[æ]相同。其變化過程可參閱前節。

覺韻舌根音之介音尚有部分變爲圓唇之[y]，此與平、上、去聲稍異。「江、講、絳」韻但見舌根音有[i]介音，而無[y]之例。覺韻「覺、角、嶽、岳、學」諸字，於開封、蘭州、平涼、西安、三水各方言中，韻母均爲[-yo]。此圓唇介音之產生當因主要元音與一等類化爲[o]後，受此圓唇[o]之同化而產生，其演變如下：

$$æ^? > iæ^? > io^? > yo^? > yo$$

國語「覺、角、嶽、岳、學」之音讀與其他方言不類，可有[-iau]、[-yɛ]二讀。前者之韻尾-u 當讀爲韻尾-ʔ消失後所遺留之痕迹，其演變如下：

$$æ^? > iæ^? > iæ^? > iæu > iau$$

至於[-yɛ]一音較爲特殊，豈來自具有圓唇舌根聲母之方言耶？

$$æ^? > iæ^? > iæ^? > (k^w)yæ > yɛ$$

三等「藥」韻在效攝中兼配三等宵韻與四等蕭韻，蓋三、四等韻在《四聲等子》之時代已混而無別。與「藥」韻字相配之「宵、蕭、陽」諸韻，其平、上、去聲之主要元音擬爲[æ]，則藥韻亦當爲[æ]。

藥韻本有介音[i]，後世於捲舌聲母之後失落，其他聲母字則大致仍保存之。另有一部份方言之韻母爲[yo]，如開封、蘭州、平涼、西安、三水等地，情況同二等舌根音字。介音之變爲圓唇，乃主要元音[o]之同化。

一、二、三等韻之主要元音均相同，或後世類化作用之結果。北京讀「約、虐、略、削、藥」諸字之韻母與上述二等之「覺、角、嶽、岳、學」相同，有[-iau]與[-ye]二讀，其演變可參攷前條。

「鐸、覺、藥」與所配各攝之韻母音值總結如下：

宕攝	ɑŋ	æŋ	iæŋ	——	ɑ^?	æ^?	iæ^?
效攝	ɑu	æu	iæu	——	ɑ^?	æ^?	iæ^?
果攝（一等）	ɑ			——	ɑ^?		

第三組

「德、陌、麥、職、昔、錫」六韻字本爲曾（梗）攝之入聲，與「登、庚、耕、蒸、清、青」諸韻相承。古代具有韻尾-k。「陌、職、昔、錫」諸字韻又與陰聲韻止攝相配。與止攝相配之其他入聲韻尚有「物、質、術、迄」，屬[-t]韻尾。舌尖塞音-t 韻尾與舌根塞音-k 韻尾之發音部位相去甚遠，何以混而不分，雜列於一攝中？由此事實更足以證明-k、-t 一類韻尾至《等子》之時代已消失，轉爲較弱之喉塞音-ʔ韻尾矣。

一等「德」韻南方沿海尚保存-k 韻尾，唯客家變爲-t 尾，屬特殊之演變。韻母各方言有[ə]、[ei]兩類。後者包括蘭州、平涼、西安、三水等地，屬西北音系；中原一帶則大致讀爲[ə]。曾攝與止攝之主要元音均爲[ə]，故德韻亦當擬爲[ə]，與中原讀音相同。至於西北[ei]韻母之韻尾[i]當爲塞音韻尾-k 失落後遺留之痕迹。此類演變亦見於上古漢語及西洋語史中。韻尾[i]產生後，復將主要元音[ə]之發音部位向前同化爲[e]，其過程如下：

ək＞əi＞ei

其演變遶承切韻而來，未經等子[eʔ]之階段。

二等「陌、麥」二韻本屬梗攝，《四聲等子》成立之時，曾、梗二攝韻母已無分別，主要元音皆變爲[ə]，故合爲一攝。「陌、麥」二韻之韻母《等子》已混，現代方言亦全無區別。各方言之主要元音有三類：

[a]類：廣州、客家、福州、懷慶、大同、太原、文水、鳳台等地。

[ə]類：上海、北京、歸化、興縣等地。

[ei]類：蘭州、平涼、西安、三水等地。

其來源除第一類可能較早外，皆由《等子》之[əʔ]變來，與德韻之演變相同。

三、四等韻之「職、昔、錫」《等子》已混而不分，現代方言亦無分別。其韻尾廣州、閩南、福州均保存古代之-k，唯客家變爲-t 尾。大部分方言之韻母爲[-iə]，乃由《等子》之[-iəʔ]失落喉塞音韻尾而來。

北方方言在捲舌聲母後失落介音[i]。廣州、客家、溫州、上海、北京、開封、蘭州、平涼、西安、三水、四川、南京等地則失落[ə]成分，而成單韻母[i]。其捲舌音之後則變爲舌尖元音[ɿ]（＜i）。

「德、陌、麥、職、昔、錫」與所配各攝之韻母音值總結如下：

| 曾攝 | əŋ | iəŋ | —— | ə$^{?}$ | iə$^{?}$ |
| 止攝 | əi | | —— | ə$^{?}$（陌） | iə$^{?}$（職、昔、錫） |

第四組

「曷、末、黠、鎋、薛、屑、月」七韻字本爲山攝之入聲，與「寒、桓、山、刪、仙、先、元」諸韻相承。《等子》又以之配蟹攝「咍、灰、皆、佳、祭、齊、廢」諸韻。古代具有舌尖塞音-t 韻尾。此韻尾-t 現仍保存於南方方言中。《等子》既以此類韻尾之入聲字與無輔音韻尾之陰聲字相配，則《等子》韻尾-t 必已發生變化，亦即轉弱爲喉塞音韻尾-ʔ矣。與現代之吳語、西南地區、長江下游各地方言相同。

同時，二等之「黠、鎋」二韻字《等子》又與果攝麻韻字相配。而果攝入聲另有古代收-k 尾之鐸韻字，-t 與-k 之發音部位相去甚遠，爲能配列於同一攝中？分攝之原則必以同韻尾者相併，此所以不合者，正足以確證-t、-k 二韻尾至《等子》之時代已不復存在，皆變爲相同之喉塞音韻尾-ʔ矣。

一等「曷、末」二韻之分別在於開口與合口，亦即前者無介音，後者具有介音 u。曷韻「達、刺、薩」等舌尖音字，各方言之主要元音均爲[a]，舌根音字「喝、曷、割」，各方言變爲[o]與[ɤ]。末韻則大部分方言均讀爲[o]。由此可推測四聲等子之主要元音爲後低元音[ɑ]，後世受舌尖聲母影響而使發音部位前移爲[a]，受舌根聲母之影響而使發音部位保持爲後元音[o]或[ɤ]。末韻則受介音 u 之影響，韻母一律變爲[uo]（＜uaʔ）。其演變如下：

$$\text{曷韻 } ɑt \to \begin{cases} ɑ^{?} > a^{?} > a/\text{舌尖音}- \\ ɑ^{?} > ɔ^{?} > o/\text{舌根音}- \end{cases}$$

$$\text{末韻 } uɑt \to uɑ^{?} > uɔ^{?} > uo$$

韻尾-t 仍見於粵、閩方言中，唯福州變爲-k，福州凡入聲之-p、-t、-k 均讀爲-k，而其陽聲韻之-m、-n、-ŋ 亦變爲-ŋ 一類。可知韻尾之變化，皆有向後移動之傾向，《等子》入聲之韻尾-ʔ，部位極後，爲入聲調消失之最後階段。

二等「黠、鎋」二韻，《等子》混雜排列，現代方言亦無區別。各方言主要元音均爲[a]。北京、開封、懷慶、大同、鳳台、四川、南京等方言，舌根音發生顎化介音[i]，此爲[a]類韻攝二等韻之普遍現象。故二等主要元音之性質必爲極偏前之[æ]，後世一等韻轉爲[o]，使一、二等[ɑ]與[æ]之對比消失，[æ]

乃逐漸減少其偏前之性質而成[a]。與「黠、鎋」相配之「山、蟹、果」諸攝二等之主要元音正爲[æ]。

三、四等包括「薛、屑、月」三韻，《四聲等子》及現代方言均無分別。各方言之介音開口大致爲[i]，合口爲[y]。主要元音大致爲[ɛ]，捲舌音不配[i]，故開口變爲[ɣ]韻母。合口「拙、說」等字則失落[i]成分而變爲[u]介音（＜iu）。唇音受[iu]介音之影響，聲母由重唇變爲輕唇，[iu]並消失而變爲開口洪音，如「髮、伐、韈」是也。

《等子》擬爲[iæʔ]與[iuæʔ]，然實際發音受介音之影響，主要元音發音部位必較高也。就音位而言，因其分配狀況與二等互補，故主要元音同擬爲/æ/。

「曷、末、黠、鎋、薛、屑、月」與所配各攝之韻母音值總結如下：

山攝	an	æn	iæn-aʔ	æʔ	iæʔ
蟹攝	ai	æi	iæi-aʔ	æʔ	iæʔ
果攝		æ	———	æʔ	iæʔ

第五組

「沒、櫛、物、質、術、迄」六韻字本爲臻攝入聲，與「魂、臻、文、眞、諄、欣」諸韻相配。古代具有舌尖塞音-t 韻尾。《等子》又以「物、質、術、迄」諸韻兼配止攝「支、脂、之、微」諸韻。止攝另有收-k 韻尾之「職、昔、錫」諸韻相配。二類不同之韻尾，《等子》歸字全無分別，可證《等子》之韻尾已變爲喉塞音-ʔ矣。

一等「沒」韻與合口「魂」韻相配，與開口「痕」韻相配者，僅「扢、麧」二字。各方言韻母大致爲[-uə]，北京、開封、陝甘及西南諸省則讀爲[-u]，失落央元音。唇音則由[uə]變爲[uo]，如「勃、沒」等字是。《等子》「沒」韻當擬爲[uəʔ]。

二等「櫛」韻與臻相承。只有莊系字「櫛、剟、齫、瑟」等字。現代方言之讀音極不規則，蓋此數字今已極少使用故也。「臻、櫛」二韻與「眞、質」二韻互補，故併入三等而擬爲[iəʔ]。

三等「物、質、術、迄」與臻攝「文、眞、諄、欣」相承。其中「物、術」爲合口，「質、迄」爲開口。現代方言之音讀可分爲兩類：

（一）開口[iə]合口[yə]：懷慶、歸化、大同、太原、興縣、太谷、文水、

鳳台等地屬之。

（二）開口[i]合口[y]：蘭州、平涼、西安、三水、四川、南京、上海、
　　　　北京、開封屬之。

第（三）類方言即失落[ə]而形成者。而方言之[y]介音又爲[iu]變來。故
《等子》當擬爲[iəʔ]與[iuəʔ]。合口之脣音字「弗、佛、物」及捲舌音「出、
述」《等子》均失落介音[i]，其後之[ə]亦失落，成爲單韻母[u]。其演變如下：

　　iuəʔ＞uəʔ＞uʔ＞u

止攝之平、上、去聲韻母擬定爲[əi]及[uəi]，與入聲之「iəʔ」與「iuəʔ」（止攝
入聲尙有陌韻之「əʔ」）音相近而稍有異。蓋《等子》之時代，語言已產生劇烈
之省併，切韻原有之整齊系統，已分裂破碎，入聲之兼配陰陽即以此故，然其
配列未必皆能適應於新系統，故偶有以音近者相配。止攝平、上、去聲與入聲
主要元音皆爲[ə]，是其所同；平上去聲以[-i]收尾，入聲以[-ʔ]收尾，是其所
異也。宋元韻圖入聲之配列況並不一致，即因新系統之配合問題，各家所見不
同也。切韻指掌圖以「質」韻配「之、支、脂」及「尤幽」諸韻，即認爲「尤
幽」之韻母[iəu]與質韻之[iəʔ]更爲接近也。此與《等子》之配列有異。

「沒、櫛、物、質、述、迄」與所配合各攝之韻母音值總結如下：

　臻攝　　ən　　iən　　———　　　əʔ　　iəʔ
　止攝　　əi　　　　　———　　　　　　iəʔ

第六組

「合、盍、洽、狎、乏、葉、業、帖」八韻字本爲咸攝入聲，與「覃、談、
咸、銜、凡、鹽、嚴、添」諸韻相配。古代具有-p韻尾。《等子》收-p尾之入
聲僅見於「咸、深」二攝中。一致與-m韻尾之平、上、去聲字相配，無配陰
聲之例，與收-t、-k之入聲絲毫不混淆，界限分明。由此可推知《四聲等字》
入聲系統尙保存-p韻尾，並未變爲喉塞音-ʔ。

[-p]韻尾失落較晚之證據，不僅見於《四聲等子》中，亦見於《皇極經世
書》之〈聲音倡和圖〉中，周祖謨據以擬構北宋汴洛語音。其入聲韻尾僅有
-ʔ、-p兩類，竟與《等子》完全符合，可知輔音韻尾之變化，鼻音與塞音稍有
差異。鼻音韻尾中，以雙脣音消失最早，南宋史達祖之詩文中即有-m讀爲-n
之例。塞音韻尾中，以雙脣音-p消失最晚，至北宋雍丘宋庠〈登大明寺塔〉詩

乃見-p 與-t 相叶，蓋-p 亦失落矣。故音變之規律實較自然科學之定理尤爲錯綜複雜，其性質亦不能包容無遺，免於例外也。

一等「合、盍」二韻《等子》混雜不分，現代方言亦無區別。主要元音大部分爲[a]，僅陝、甘、四川、南京諸方言之舌根音爲[o]，北京、歸化、興縣之舌根韻母爲[ɣ]。等子之主要元音當爲[ɑ]，其演變如下：

$$ɑp \rightarrow \begin{cases} ɔp > o > ɣ/舌根音 — \\ ap > a \end{cases}$$

二等韻「洽、狎」《等子》及現代方言皆無區別，各方言主要元音皆爲[a]。舌根聲母後產生介音[i]，可知《等子》之韻母當爲偏前之[æp]。

三、四等「乏、葉、業、帖」四韻現代方言及《四聲等子》均已混而爲一。其韻尾閩、粵方言大致保存-p，唯廣州之韻唇音受異化作用而使雙唇韻尾變爲舌尖韻尾-t。客家、汕頭則「法」字仍讀-p，「乏」字異化爲-t。

三、四等有介音[i]。捲舌音「謵、攝」失落介音而變爲[ɣ]韻母；乏韻唇音亦失落介音[iu]，韻母變爲[a]（<æ），聲母變爲輕唇，如「法、乏」字是。

各方言之韻母可分爲三類：

（一）[iɛ]：北京、開封、懷慶、太谷、文水、蘭州、西安、三水、四川、溫州、福州。

（二）[iə]：歸化、太原、興縣、平涼。

（三）[ia]：客家、汕頭、大同、鳳台。

《四聲等子》當擬爲/iæp/，實際音值受高元音[i]之影響而爲[iɛp]。其演變如下：

$$iæp \rightarrow \begin{cases} iɛ、iə、ia \\ iæ > ia > a/唇音字 — \\ iə > (i)ɣ > ɣ/捲舌音 — \end{cases}$$

「合、盍、洽、狎、乏、葉、業、帖」與所配之韻母音值總結如下：

　　咸攝　　am　æm　iæm　---　ɑp　æp　iæp

第七組

「緝」韻字本爲深攝入聲，與「侵」韻相承。古代具有-p 韻尾。《等子》「緝」韻不配陰聲韻，亦未與-t、-k 韻尾相混，自成一類，界限分明，可知此

-p韻尾仍存在於《等子》之音韻系統中。

「緝」韻屬三等韻，各方言皆有介音[i]，唯捲舌聲母變爲洪音。閩、粵方言之韻尾仍保留-p，僅福州爲-k。長江流域多爲-ʔ，北方則與平、上、去聲已無區別。

各方言之主要元音可分二類：

（一）[iə]：懷慶、歸化、大同、太原、興縣、太谷、水文、鳳谷。

（二）[i]：客家、汕頭、上海、北京、開封、蘭州、平涼、西安、三水、南京。

第（二）類方言之音讀當爲失落央元音[ə]而成。《等子》之韻母當擬爲[iəp]。

捲舌聲母字「執、濕、十」之元音，第（一）類方言失落介音而讀爲[ə]韻母。第（二）類方言則轉爲舌尖元音[ɿ]。「入」字第（一）類方言讀爲[uə]，第（二）類讀爲[u]，轉爲特殊，似來自合口音。

「緝」韻與其所配之韻母音值總結如下：

　　深攝　　iəm　　───　　iəp

第三章 歷史之演變

第一節 從《切韻》至《四聲等子》

前章已將《等子》之音韻作一平面之敘述，本章再概略檢視《等子》之音系究如何上承《切韻》，下開早期官話。語音之演變乃無時無刻不在進行著，日久遂產生顯著之差異，於是韻書、韻圖之作者乃不得不更動舊製，以符合實際之狀況。後人目覩此類資料之改易，常易產生錯覺，以為此類韻書、韻圖所代表之時代、語音發生劇烈之變化。實則語音本無突變之可能，前後資料所顯示之差異，實為積年累月遞變之結果，因此之故，本章節乃將《等子》音系之前因後果加以剖析，以明其歷史之演化過程。本節就《切韻》至《等子》之演變，其聲母、韻母、聲調之差異作一概述。

（一）聲母之演變

《廣韻》聲母依反切上字之系聯共四十一類，與《四聲等子》所標之三十六字母，其不同在前者喻母可分為兩類，正齒音照系字亦可分為二類；而《等子》之時代，此不同之二類早已併合成為三十六母系之系統矣。

（二）韻母之演變

1. 通攝

一等韻　東董送　uŋ＞uŋ　　屋　uk＞uʔ

冬宋　uoŋ＞uŋ　　沃　uok＞uʔ

三等韻　東董送　juŋ＞iuŋ　　屋　juk＞iuʔ

　　　　鍾腫用　juoŋ＞iuŋ　燭　juok＞iuʔ

本攝之變化有三方面：其一，冬、鍾韻之主要元音[o]失落；其二，介音[j]與[i]已無區別；其三，韻尾由[-k]轉弱爲[-ʔ]。特殊之例如下：

傶　沃韻內沃切，爲一等字，而《等子》置於三等，當已變讀爲細音[-iuʔ]（＜-uok）。

䪱　五音集韻東韻渠公切，《等子》置於一等，群母本無一等，此當已變爲洪音[g´uŋ]（＜gjuŋ）。

2. 效攝

一等韻　豪皓號　ɑu＞ɑu　　鐸　ɑk＞ɑʔ

二等韻　肴巧效　au＞æu　　覺　ɔk＞æʔ

三等韻　宵小笑　jæu＞iæu　藥　jɑk＞iæʔ

四等韻　蕭篠嘯　iɛu＞iæu

本攝韻母變化可述者有二：其一，《等子》三、四等混，故蕭韻之主要元音由[ɛ]變[æ]，而與宵韻一致。其二，藥、覺二韻之主要元音均由後元音轉爲前元音，較爲特殊。例外之演變如下：

犷　《集韻》號韻巨到切，《等子》置群母一等去聲，群母本無一等，此當以變爲洪音[g´ɑu]（＜g´jæu）

3. 宕攝

一等韻　開口　ɑŋ＞ɑŋ　　　鐸　ɑk＞ɑʔ

　　　　合口　uɑŋ＞uɑŋ　　鐸　uɑk＞uɑʔ

二等韻　開口　ɔŋ＞æŋ　　　覺　ɔk＞æʔ

　　　　合口　ɔŋ＞uæŋ　　　覺　ɔk＞uæʔ

三等韻　開口　jɑŋ＞iæŋ　　藥　jɑk＞iæʔ

　　　　合口　juɑŋ＞iuæŋ　藥　juɑk＞iuæʔ

可得而言者凡二：其一，江韻元音由後元音[ɔ]分裂爲開、合二類[æ]、[uæ]。其二，江、陽二韻之主要元音由後而前移。例外之字有：

㶈　《五音集韻》「乃綱切」，當爲一等字，而《等子》置於泥母四等，或具有介音[niæŋ]（＜nɑŋ）。

4. 遇攝

一等韻　模老暮　uo＞u　　沃　uok＞uʔ

三等韻　魚語御　jo＞iu　　屋　iuk＞iuʔ

虞麌遇　juo＞iu　　燭　iuok＞iuʔ

本攝原有之[o]元音均失落，而變爲以[u]作主要元音。特殊之字如下：

宋　《說文》同宋字，「宋」《集韻》見錫韻前歷切，屬四等韻。而《等子》置於一等，[iek]＞[uʔ]，爲例外演變。

侉　過韻安賀切，本爲影母一等字，《等子》置喻母一等，其聲母當已消失。[ʔuɑ]＞[u]

5. 流攝

一等韻　侯厚候　u＞əu　　屋　uk＞uʔ

三等韻　尤有宥　ju＞iəu　　屋　iuk＞iuʔ

幽黝幼　jəu＞iəu

本攝平、上、去聲受幽韻之類化，而具有主要元音[ə]。特例如下：

颩　《字彙》補此字屬尤韻巴收切，爲幫母字，而《等子》誤置端母下。

6. 蟹攝

一等韻	開口	哈海代	Ai＞ɑi	曷	ɑt＞ɑʔ
		泰	ɑi＞ɑi		
	合口	灰賄隊	uAi＞uɑi	末	uɑt＞uɑʔ
二等韻	開口	皆駭怪	ɐi＞æi	點	æt＞æʔ
		佳蟹卦	æi＞iɑi	鎋	ɑt＞æʔ
		夬	ɑi＞uæi		
	合口	皆駭怪	ɐi＞uæi	點	uæt＞uæʔ
		佳蟹卦	uæi＞uɑi	鎋	uɑt＞uæʔ
		夬	uɑi＞uæi		
三等韻	開口	祭	jæi＞iæi	月 jɐt＞iæʔ	薛 jæt＞iæʔ
	合口	祭	juæi＞iuæi	月 juɐt＞iuæʔ	薛 juæt＞iuæʔ
	合口	廢	juɐi＞iuæi		
四等韻	開口	齊薺霽	iɛi＞iæi	屑 iɛt＞iæʔ	

合口 齊薺霽 iuɛi＞iuæi 屑 iuɛt＞iuæʔ

本攝之演變可得而述者凡五：其一，一等之主要元音與泰韻類化，灰、咍韻皆由[A]轉爲[ɑ]。其二，入聲韻尾[t]皆變爲[ʔ]，與收[-k]者相同。其三，二等「皆、夬、鎋」等韻之主要元音受「佳、黠」韻之類化，由[ɐ]、[a]變爲[æ]。其四，「廢、月」韻之主要元音受「祭、薛」韻之類化，亦由[ɐ]變爲[æ]。其五，「齊、屑」韻之主要元音由[ɛ]變爲[æ]，特殊之例如下：

筓　蟹韻求蟹切，爲群母字，本無二字，而《等子》置於群母二等，當已讀爲洪音[gˊæi]。

齡　《集韻》怪韻「渠介切」，爲群母字，《等子》置於二等，當亦爲洪音字[gˊæi]。

頤　之韻與之切，《等子》置咍韻喻母一等，讀爲[ɑi]（＜ji）。

佁　海韻夷在切，《等子》置海韻喻母一等，一等本無喻母字，此字或爲祭韻之上聲字，《韻鏡》此字亦置一等，《等子》承之，當下移於喻母四等位。

犉　咍韻昌紿切，《等子》置穿母三等，當爲祭韻平聲字。

茝　海韻昌紿切，《等子》置穿母三等，當爲祭韻上聲字。

杝　齊韻成驀切，《等子》置禪母三等，當爲祭韻平聲字。

䐈　獮韻而兗切，爲陽聲韻字，《等子》失落鼻音韻尾而入本攝，[jæn]＞[iæi]。

7. 止攝

三等韻	開口	支紙寘	je＞əi		職	jək＞iəʔ		迄	jət＞iəʔ
		脂旨至	jei＞əi		質	jet＞iəʔ		陌	ɐk＞əʔ
		之止志	ji＞əi		昔	jɛk＞iəʔ		錫	iek＞iəʔ
		齊薺霽	jɛi＞əi						
	合口	支紙寘	jue＞uəi		術	juet＞iuəʔ			
		脂旨至	juei＞uəi						
		微尾未	juəi＞uəi		物	juət＞iuəʔ			

本攝之演變可得而述者凡三：其一，本攝平、上、去聲之介音[i]早已失落，其二，主要元音均由[e]、[ɛ]類化爲[ə]，與「微、物、職、迄」等韻相同。其

三，陌韻[əʔ]亦偶與[əi]韻母相配，特殊之字有：

祐　宥韻于救切，當為三等喻母，《等子》置於一等見母，《等子》跋云：
「《四聲等子》從杭州文瀾閣鈔出，誤字甚多，今皆考正改定，惟止
攝見母一等平聲『祐』字。不知何字之誤，考《切韻指掌圖》，《切韻
指南》，此處皆不應有字，《五音集韻》五脂見母下有『祺、祦、祈』
三字，此『祐』字或『祺、祦、祈』之誤歟？」

憨、悌　此二字為去聲霽韻字，而《等子》置於入聲，當係誤置。

鑈　怗韻奴協切，屬收–p尾之入聲字，《等子》置泥母四等入聲，讀為
[iəʔ]（＜iɛp）。

檋　此字無可考。或為「檋」字弼戟切之誤，《等子》置三等並母入聲，
與同列之「隙、劇、逆、虩、虢」均屬陌韻字

柭　末韻丁括切，《等子》置合口端母四等入聲，讀為[tiəʔ]（＜tuɑt），屬
例外演變。

飫　御韻依據切，為去聲字，而《等子》誤置於入聲。

顪　薛韻職悅切，《等子》置合口照母三等入聲，讀為[iəʔ]（＜juæt）。

絀　術韻竹律切，為知母字，而《等子》誤置於審母下。

颮　質韻于筆切，應為開口字，《等子》誤置於合口。

驈　術韻餘律切，為喻母字，而《等子》誤置於匣母下。

8. 臻攝

一等韻	開口	痕很恨	ən＞ən		
	合口	魂混恩	uən＞uən	沒	uət＞uəʔ
三等韻	開口	臻	jen＞iən	櫛	jet＞iəʔ
		眞軫震	jen＞iən	質	jet＞iəʔ
		欣隱焮	jən＞iən	迄	jət＞iəʔ
		先	iɛn＞iən	屑	iɛt＞iə
	合口	文吻問	juən＞iuən	物	juət＞iuəʔ
		諄準稕	juen＞iuən	術	juet＞iuəʔ

本攝之演化可述者有二：其一，主要元音[e]、[ɛ]皆類化為[ə]。其二，開
口有「先、屑」二韻字之舌頭音變入本攝。特殊之例如下：

扢　沒韻古紇切，爲合口字，《等子》置於開口。

殟　沒韻五紇切，爲合口字，《等子》置於開口。

頷　混韻苦本切，又沒韻口沒切。《等子》置於開口群母一等上聲，當移
　　於合口溪母一等上聲，或合口溪母一等入聲（與窟同音）。

限　產韻胡簡切，爲匣母字，而《等子》誤置於開口一等疑母上聲。

鈇　本爲「紩」之古文，「紩」見質韻直一切，與《等子》不合。案「鈇」
　　今同「鐵」字，當爲屑韻字，《等子》「鈇」字正與屑韻之「蛭、鐝」
　　並列，且正置於透母下，與「鐵」字讀音吻合，可知《等子》之時代，
　　「鈇」字已用作「鐵」字矣。

洒　薺韻先禮切，爲心母上聲字，《等子》亦置於心母上聲，然韻母不合，
　　[-ən]（＜iɛi）。

驈　術韻餘律切，與喻母「聿」字同音，《等字》誤置匣母下，此字與止
　　攝重出。

殉　稕韻辭閏切，屬去聲字，而《等字》誤置上聲。

郇　諄韻相倫切，爲心母平聲字，而《等子》誤置於邪母去聲。

9. 山攝

一等韻	開口	寒旱翰	ɑn＞ɑn	曷	ɑt＞ɑʔ
	合口	桓緩換	uɑn＞uɑn	末	uɑt＞uɑʔ
二等韻	開口	山產襉	æn＞æn	黠	æt＞æʔ
		刪潸諫	an＞æn	鎋	at＞æʔ
	合口	山產襉	uæn＞uæn	黠	uæt＞uæʔ
		刪潸諫	uan＞uæn	鎋	uat＞uæʔ
三等韻	開口	仙獮線	jæn＞iæn	薛	jæt＞iæʔ
		元阮願	jɐn＞iæn	月	jɐt＞iæʔ
	合口	仙獮線	juæn＞iuæn	薛	juæt＞iuæʔ
		元阮願	juɐn＞iuæn	月	juɐt＞iuæʔ
四等韻	開口	先銑霰	iɛn＞iæn	屑	iɛn＞iæʔ
	合口	先銑霰	iuɛn＞iuæn	屑	iuɛn＞iuæʔ

本攝韻母之演化可述者有二：其一，主要元音[a]、[ɐ]均類化爲[æ]。其

二，四等之主要元音[ɛ]亦變爲[æ]，與三等無區別。特殊之演變如下：

趯　仙韻巨員切，爲群母三等字，《等子》置二等，當已變爲洪音，[g'jæn]>[g'æn]。

攆　山韻跪頑切，爲群母字，《等子》置二等，當讀爲洪音，[g'uæn]。

餶　霰韻烏縣切，爲影母去聲字，《等子》誤置於群母上聲。

饌　潸韻雛鯇切，爲上聲字，而《等子》誤置於去聲。此字當與上聲「撰」同音。

巽　諫韻所晏切，爲去聲字，而《等子》誤置上聲。

狗　《集韻》先韻胡涓切，爲匣母四等字，而《等子》誤置於牀母二等。

10. 果攝

一等韻	開口	歌哿箇	ɑ>ɑ	鐸	ɑk>ɑʔ		
	合口	戈果過	uɑ>uɑ	鐸	uɑk>uɑʔ		
二等韻	開口	麻馬禡	a>æ	鎋	at>æʔ	黠	at>æʔ
	合口	麻馬禡	ua>uæ	鎋	uat>uæʔ	黠	uæt>uæʔ
三等韻	開口	麻馬禡	ja>iæ				
		戈	jɑ>iæ				
	合口	戈	juɑ>iuæ				

本攝之變化可得而述者有二端：其一，麻、鎋二韻之主要元音由[a]變爲[æ]。其二，三等戈韻之主要元音由[ɑ]舌位前移而成[æ]。特殊之字如下：

䟭　馬韻銼瓦切，爲從母二等字，而《等字》置於精母四等，聲母當已清化，韻母亦變爲細音。[dz'uæ]>[tsiuæ]。

苛　麻韻黑嗟切，當置三等曉母下，而《等子》置於四等。

歌　麻韻企夜切，當置三等而《等子》置四等。

爹　麻韻陟邪切，爲外來語（爹字見果攝四等，一般果攝只有一、二、三等，沒有四等，所以爹字是在當時音韻系統之外的發音，也可能是南方方言或少數民族語言的影響），當屬端母字，《等子》置四等，類隔切也。

哆　麻韻敕加切，屬徹母，《等子》置四等，亦類隔也。《集韻》丁寫切，正改爲端母字。

咩　紙韻迷爾切，《等子》置明母四等，[mje]＞[miæ]。

乜　麻韻彌也切，三等字而《等子》置於四等。

11. 曾攝

一等韻	開口	登等嶝	əŋ＞ʮŋ	德	ək＞ə?
	合口	登等嶝	uəŋ＞uəŋ	德	uək＞uə?
二等韻	開口	庚梗映	ɐŋ＜əŋ	陌	ɐk＞ə?
		耕耿諍	æŋ＞əŋ	麥	æk＞ə?
	合口	庚梗映	uɐŋ＞uəŋ	陌	uɐk＞uə?
		耕耿諍	uæŋ＞uəŋ	麥	uæk＞uə?
三等韻	開口	清靜勁	jɛŋ＞iəŋ	昔	jɛk＞iə?
		蒸拯證	jəŋ＞iəŋ	職	jək＞iə?
		庚梗映	jɐŋ＞iəŋ	陌	jɐk＞iə?
	合口	庚梗映	juɐŋ＞juəŋ	陌	juɐk＞iuə?
		清靜勁	juɛŋ＞iuəŋ	昔	iuɛk＞iuə?
四等韻	開口	青迥徑	ieŋ＞iəŋ	錫	iek＞iə?
	合口	青迥徑	iueŋ＞iuəŋ	錫	iuek＞iuə?

本攝韻母之[e]、[ɛ]、[æ]、[ɐ]諸元音均變為[ə]。特殊之字如下：

磴　嶝韻都鄧切，為端母字，而《等子》置透母下。

耿　二等見母上聲，《廣韻》作「耿」古幸切，《等子》誤刻从「目」。

墌　徹母二等入聲，《廣韻》作「墝」丑格切，《等子》誤从「席」。

萌　並母一等入聲與明母二等平聲並見此字，《廣韻》作「萌」莫耕切，《等子》明母下當作此，「萌」字誤也。並母下當為「菔」字之誤，「菔」字《廣韻》見德韻薄北切，正當置此。

巠　疑母四等上聲，《廣韻》迥韻作「硜」五剄切，《等子》誤从「月」。

洴　從母四等上聲，《廣韻》靜韻此音有「妌」無「洴」。

擀　匣母四等入聲，《廣韻》錫韻此音作「檄」或「激」，《等子》从「扌」誤也。

騽　《等子》置日母四等上聲，《廣韻》見葉韻尼輒切，《集韻》則有清韻如穎切一音與此合，日母例無四等，等子誤也。

趨　麥韻求獲切，《等子》置二等群母上聲，當下移於入聲。此字乃群母

二等字，屬洪音，[g′uæk]。

崩　並見於開、合二圖之幫母一等平聲，可知《等子》時代有[pəŋ]、[puəŋ]二音，或爲國語[pəŋ]、[puŋ]二讀之所本。

域　縈逼切，與「洫」況逼切皆職韻字，《等子》並置合口圖中，其音值當爲[-iuəʔ]。

役　昔韻營隻切，屬喻母，而《等子》誤置曉母下。

12. 咸攝

一等韻	覃感勘	Am＞ɑm	合	AP＞ɑp
	談敢闞	ɑm＞ɑm	盍	ɑp＞ɑp
二等韻	咸豏陷	ɐm＞æm	洽	ɐp＞æp
	銜檻鑑	am＞æm	狎	ap＞æp
三等韻	嚴儼釅	jɐm＞iæm	業	jɐp＞iæp
	鹽琰豔	jæm＞iæm	葉	jæp＞iæp
	凡范梵	juam＞iuæm	乏	juɐp＞iuæp
四等韻	添忝㮇	iɛm＞iæm	帖	iɛp＞iæp

本攝韻母之變遷可得而述者三：其一，一等韻覃之主要元音[A]與談韻類化爲[ɑ]。其二，二等咸、銜韻之主要元音[ɐ]、[a]均變爲[æ]。其三，三等嚴凡，四等添韻之主要元音[ɐ]、[ɛ]亦均變爲[æ]。特殊之例如下：

靲　侵韻巨金切，與鹽韻「鈐」巨淹切、琰韻「儉」巨險切、釅韻「𪘨」丘釅切，葉韻「笈」其輒諸字皆三等群母字，而《等子》均見於一、二等中，當已讀爲洪音[g′ɑm]或[g′æm]。

蟾　鹽韻視詹切，與琰韻「剡」時染切，豔韻「贍」市豔切，葉韻「涉」時攝切皆屬三等禪母字，而《等子》並置於二等，或《等子》之疏漏而誤置者。

燮　帖運蘇協切，《等子》重見於四等心母及從母入聲。此字本爲心母，從母下爲誤增。

棪　豔韻處占切，當爲穿母三等去聲字，而《等子》誤置於邪母四等上聲。

13. 深攝

　三等韻　侵寢沁　jəm＞iəm　　緝　jəp＞iəp

本攝特殊之字如下：

站　陷韻陟陷切，當為咸攝二等知母字，而《等子》見於本攝一等見母平
　　聲。《等子》跋云：「深攝見母一等平聲『站』字，亦不知為何字之誤？
　　考《切韻指掌圖》、《切韻指南》，此處亦不應有字，《續通志七音略》
　　則作『根』字，然『根』非深攝字。為《廣韻》二十七銜有『鑑』字
　　古銜切，是『鑑』字可讀平聲，然『鑑』與『站』字形絕異，似不至
　　訛為『站』……明知其誤，然無可據而改定之宜，姑仍其舊也。」
怎　《等子》置一等精母上聲。此字為元世之語詞，韻書中多不可稽，近
　　世字書但云「讀如爭上聲」自無列入深攝之理。
哞　《等子》置一等曉母上聲，《集韻》此字魚侯切，為疑母字，韻亦不
　　當在深攝，《等子》此字亦係誤增。

（三）聲調

　　切韻時代分為平、上、去、入四調，《等子》同之。僅入聲之韻尾切韻有
-p、-t、-k 三類，《等子》-t、-k 已併為-ʔ，僅有-p、-ʔ二類韻尾也。至於各
調之調值已無可考矣。

第二節　《四聲等子》與早期官話之關係

　　切韻系韻書沿襲陸法言綜合古今南北之宗旨而來，包容多種不同之語音系
統，隋唐時已無法適合於任何實際方言，因之宋後千餘年間，一般文人依據此
系韻書所撰作之詩賦，即成為紙上之死語，與實際口語完全趨於二途。故其勢
力漸微，代之而起者為北音韻書，其中以元周德清之《中原音韻》最早，當時
之北音已有統一全國之勢，一方面為當時語音上正音之標準，一方面又為戲曲
文學所依據，故稱為「中原」之音。其直接根據為元代戲曲家之作品，由此類
符合口語之作品歸納而成之韻書，自與《廣韻》一系不相合。周氏改革舊韻書，
脫離舊韻書羈絆之主張，見於其「《中原音韻》正語作詞起例」中：

　　余嘗於天下都會之所，聞人間通濟之言，世之泥古非今，不達時變
　　者眾。呼吸之間，動引《廣韻》為證，寧甘受媸舌之誚而不悔。亦

　　不思混一日久，四海同音，上自縉紳講論治道，及國語翻譯，國學

　教授言語，下至訟庭理民，莫非中原之音。

因此，《中原音韻》一書實爲早期官話之實錄也。

　　《中原音韻》收錄元曲爲韻腳之字凡五千餘，其編排乃依北曲押韻情況而劃分爲十九韻類。每類以二字爲標目。韻類之下複分聲調，與傳統韻書之先分聲調，後分韻類者迥異。

　　同調之下，《中原音韻》未依字母順序排列諸字，但以同音者並列，以圈隔開。且不用反切注音，而以易識字置於同音諸字之首，使人見而知其同列字之音讀，此又與《廣韻》體例相異者也。

　　如此之編排，正予吾人考訂其音讀之線索，因既在同韻同調之下，字音仍有不同，即不外聲母與介音之差異矣。歸納其異同，証之現代方言，其音系當不難測知也。

　　《中原音韻》之產生雖前無所承，而其所代表之語音則必有所承，語音上演變乃日積月累而見者，分期之措施僅爲研究之便，非謂語音之演化眞有分段之現象也。由《切韻》至《四聲等子》，至《中原音韻》，至現代北方官話，爲連綿不斷之過程。《中原音韻》雖可視爲官話之祖，而其語音之大致輪廓已顯見於《四聲等子》中，故《四聲等子》又爲早期官話之祖也。茲將《等子》至《中原音韻》「聲、韻、調」三方面之變化，概述如後：

（一）聲母

　　《等子》之聲母爲三十六字母系統，泥、娘合併，共得三十五音位。據董同龢之擬訂，《中原音韻》共二十一母。相差十四母。二者比較如下：

	《四聲等子》					《中原音韻》				
唇　音	p pf	p´ pf´	b´ bv´	m ɱ		p	p´ f		v	m
舌尖音	t ts	t´ ts´	d´ dz´	n s	l z	t ts	t´ ts´		n s	l
舌面音	ȶ tʃ	ȶ´ tʃ´	ȡ´ dʒ´	ȵ ʃ	ʒ	tʃ	tʃ´		ʃ	ʒ
舌根音	k ʔ	k´ x	g´ ɣ	ŋ o		k	k´ x		ŋ o	

其不同有四：

1. 《中原音韻》濁音已清化，b′、bv′、d′、dz′、z、ɖ′、dʒ′、g′、ɤ 九母均已不存。

2. 《中原音韻》非、敷二母合一（pf、pf′＞f）。

3. 《中原音韻》知、照系字均變爲舌尖面混合音。

4. 《中原音韻》影、喻二母均成爲零聲母。

（二）韻母

《中原音韻》十九韻與等子十三攝比較如下：

1. 東鍾＝通攝

　uŋ、iuŋ＞uŋ、iuŋ

然東鍾韻中亦有非通攝之字，蓋語音之演變，欲於不同之時代求其分類之一致，必不可能也。

梗攝「傾」清韻去營切　k′iuəŋ＞k′iuŋ

曾攝「肱」登韻古弘切　kuəŋ＞kuŋ

梗攝「觥」庚韻古橫切　kuəŋ＞kuŋ

梗攝「轟」耕韻呼宏切　xuəŋ＞xuŋ

曾攝「薨」登韻呼肱切　xuəŋ＞xuŋ

梗攝「兄」庚韻許榮切　xiuəŋ＞xiuŋ

梗攝「泓」耕韻烏宏切　ʔuəŋ＞uŋ

曾攝「崩」登韻北滕切　puəŋ＞puŋ

梗攝「繃」耕韻北萌切　puəŋ＞puŋ

梗攝「烹」庚韻撫庚切　p′uəŋ＞p′uŋ

梗攝「榮」庚韻永兵切　iuəŋ＞iuŋ

梗攝「甍」耕韻莫耕切　məŋ＞muŋ

梗攝「盲」庚韻武庚切　məŋ＞muŋ

梗攝「萌」耕韻莫耕切　məŋ＞muŋ

梗攝「宏」、「紘」、「嶸」耕韻戶萌切　ɤuəŋ＞xuŋ

梗攝「橫」庚韻戶盲切　ɤuəŋ＞xuŋ

曾攝「弘」登韻胡肱切　ɤuəŋ＞xuŋ

梗攝「彭」、「棚」庚韻薄庚切　b´əŋ＞p´uŋ

曾攝「鵬」登韻步崩切　b´əŋ＞p´uŋ

梗攝「永」梗韻于憬切　iuəŋ＞iuŋ

梗攝「猛」、「艋」、「蜢」梗韻莫杏切　məŋ＞muŋ

梗攝「孟」映韻莫更切　məŋ＞muŋ

梗攝「詠」映韻爲命切　iuəŋ＞iuŋ

梗攝「瑩」庚韻永兵切　iuəŋ＞iuŋ

梗攝「迸」諍韻北諍切　pəŋ＞puŋ

2. 江陽＝宕（江）攝

aŋ、æŋ、iæŋ、uaŋ、uæŋ＞aŋ、iaŋ、uaŋ

3. 支思＝止攝精、照、日系字

əi＞ï/ts、tʂ 系 －

《中原音韻》本韻具有舌尖元音韻母，《等子》無之。支思韻之非止攝字有：

蟹攝「筮」祭韻時制切　ʒiæi＞ʃï

蟹攝「噬」祭韻時制切　ʒiæi＞ʃï

支思韻所收入聲來自「德、緝、櫛」韻，《等子》止攝無此三韻字。

4. 齊微＝止攝及蟹攝開口三、四等及合口

əi、uəi、iæi、uæi＞i、ei、uei

齊微韻所收入聲來自「職、陌、德、昔、緝、質、錫、迄」八韻，《等子》大致相同，唯「緝」韻字《等子》不配陰聲，仍具有韻尾-p，《中原音韻》則已消失。

5. 魚模＝遇攝

u、iu＞u、iu

魚模韻中另有流攝三等尤韻「謀、浮、否、富、婦、阜、負」等字，皆爲輕唇音，其變化過程如下：

piəu＞piu＞fu

魚模韻又有流攝「戊」字候韻莫候切，爲一等字，不當變爲輕唇音，然國

語及《中原音韻》均變輕唇，屬例外演變。《廣韻》與「茂」同音，《等子》「茂」置明母一等去聲。王力《漢語史稿》第180頁云：

> 「戊」字最爲特殊，它本來屬侯韻去聲，和「茂」字同音，現在不但北方話，連各地方言也都讀如其所讀的「務」字，和「謀、牟」屬三等尤韻、尚且不隨著「婦、富」等字變爲輕唇，轉入虞韻，「戊」屬一等侯韻，更沒有理由變爲輕唇，轉入虞韻了。據五代史所載，梁開平元年，由於避諱，改日辰「戊」字爲「武」。此一事實可以說明，許多例外都是有特殊原因的。

魚模韻所收入聲來自「沒、燭、屋、緝、物、術、沃」七韻。《等子》僅收「屋、沃、燭」韻。

6. 皆來＝蟹攝開口一、二等

ai、æi＞uai（入聲「劃」字）、ai、iai

皆來韻之非蟹攝字有：

假攝「差」麻韻初牙切　tʃʹæ＞tʃʹai

止攝「衰」脂韻所追切　ʃuɛi＞ʃuai

止攝「篩」脂韻疏夷切　ʃəi＞ʃai

止攝「揣」紙韻初委切　tʃʹuəi＞tʃʹuai

止攝「瞶」未韻居胃切　kuɛi＞uai

止攝「帥」至韻所類切　ʃuɛi＞ʃuai

止攝「率」至韻所類切　ʃuɛi＞ʃuɛi

皆來韻所收入聲來自「陌、麥、職、德」四韻，《等子》則包括「曷、黠、鎋」等韻。

7. 真文＝臻攝

ən、iən、uən、iuən＞ən、iən、uən、yən

真文韻之非臻攝字有：

曾攝「肯」等韻苦等切　kʹəŋ＞kʹən

曾攝「孕」證韻以證切　iəŋ＞iən

深攝「品」寢韻丕飲切　pʹiəm＞pʹiən（異化作用）

此三字原收-ŋ、-m韻尾，《中原音韻》均讀爲-n尾。

8. 寒山＝山攝開口一、二等合口二等及咸攝非系字

an、æ、uæn、iuæm＞an、ian、uan

咸攝唇音變入寒山，即韻尾由-m 變-n，乃異化作用之結果。另有蟹攝「盻」字霽韻五計切，亦變入寒山，案此字當爲襉韻「盼」字匹莧切之誤。

9. 桓歡＝山攝合口一等

uɑn＞on

合口之舌面後高元音[u]與舌面後低元音[ɑ]相併即變爲舌面後圓唇中元音[o]。

10. 先天＝山攝開口三、四等合口三、四等

iæn, iuæn＞ien, yen

介音[iu]合併爲[y]，主要元音受高元音[i]、[y]之影響，由[æ]升高爲[e]。另有：

咸攝「貶」琰韻方斂切，piæm＞pien（異化作用）

蟹攝「沴」霽韻郎計切，本爲陰聲韻字，當受陽聲韻字「珍、趁」等字之類化而入先天韻者。

11. 蕭豪＝效攝

ɑu, æu, iæu＞ɑu, au, iau

蕭豪韻之非效攝字計有：

咸攝「凹」洽韻烏洽切　ʔæp＞au

流攝「剖」厚韻普后切　pʻəu＞pʻau

流攝「缶」有運方久切　pfiəu＞fɑu

流攝「茂」候韻莫候切　məu＞mɑu

流攝「覆」宥韻敷救切　pfʻiəu＞fɑu

上述流攝諸字之主要元音[ə]皆有強化爲[a]之趨勢。蕭豪韻所收入聲來自「藥、鐸、覺、末」四韻。《等子》無末韻字。

12. 歌戈＝果攝一等

ɑ, uɑ＞o, io（入聲「虐，略」等字）, uo

來自他攝之字有：

山攝「膰」元韻附表切，本為陽聲韻字，當受「鄱、皤」等陰韻字之影響，而類化入歌戈韻者。

咸攝「嗑」盍韻胡臘切，當置於「入聲作去聲」項下，而誤列於「去聲」項下。

歌戈韻所收入聲來自「覺、藥、鐸、末、曷、合、盍、物」八韻，《等子》僅有鐸韻字。

13. 家麻＝假攝二等

æ, uæ＞a, ua

來自他攝之字如下：

蟹攝「佳」佳韻古膎切　　kæi＞kia

蟹攝「涯」佳韻五佳切　　ŋæi＞ia

蟹攝「吷」廢韻魚肺切　　ŋiuæi＞tʃʻa

蟹攝「話」夬韻下決切　　ɣuæi＞xua

蟹攝「罷」蟹韻薄蟹切　　bʻæi＞pa

蟹攝「卦」、「掛」卦韻古賣切　　kæi＞kua

蟹攝「畫」卦韻胡卦切　　ɣuæi＞xua

效攝「抓」肴韻側交切　　tʃæu＞tʃua

遇攝「媽」姥韻莫補切　　mu＞ma

遇攝「苴」語韻子與切　　tsiu＞tʃia

梗攝「打」梗韻德冷切　　tæŋ＞ta

咸攝「凹」洽韻烏洽切　　ʔæp＞au

果攝「髁」過韻苦臥切　　kʻuɑ＞kʻua

果攝「大」箇韻唐佐切　　dʻɑ＞ta

山攝「帕」鎋韻莫鎋切，當列於「入聲作去聲」項下，而誤置於「去聲」下。

家麻韻所收入聲來自「黠、狎、鎋、末、曷、合、怗、洽、乏、月、盍」十一韻，《等子》僅有鎋、黠二韻。

14. 車遮＝假攝三、四等

iæ, iuæ＞ie, ye

來自別攝者：

遇攝「趄」魚韻七余切　ts´iu＞ts´ie

止攝「倈」之韻里之切　ləi＞lie

果攝「靴」戈韻許脿切　xiuæ＞xye

果攝「瘸」戈韻巨靴切　g´iuæ＞k´ye

車遮韻所收入聲字來自「薛、葉、月、業、陌、屑、怗」七韻。《等子》無入聲字。

15. 庚青＝曾（梗）攝

əŋ, iəŋ, uəŋ, iuəŋ＞əŋ, iəŋ, uəŋ, yəŋ

來自他攝者：

通攝「疼」多韻徒多切　d´uŋ＞t´əŋ

16. 尤侯＝流攝

əu, iəu＞ou, iou

主要元音[ə]強化，且受韻尾[u]之影響，部位後移成爲圓唇之[o]。尤侯韻所收入聲來自「屋、燭」二韻，《等子》同之。

17. 侵尋＝深攝

iəm＞əm, iəm

來自別攝者：

咸攝「堪」覃韻口含切　k´ɑm＞ʃiəm

咸攝「啉」覃韻盧含切　lɑm＞liəm

臻攝「吞」痕韻吐根切　t´ən＞t´iəm

18. 監咸＝咸攝一、二等

ɑm, æm＞am, iam

19. 廉纖＝咸攝三、四等

iæm＞iem

來自別攝者：

山攝「茜」霰韻倉甸切　ts´iæn＞ts´iem

（三）聲調

《四聲等子》有平、上、去、入四調，其入聲具有喉塞音韻尾-ʔ及雙唇塞音韻尾-p。《中原音韻》亦分四調，然其內容為，陰平、陽平、上聲、去聲，而無入聲。其入聲之塞音韻尾已消失，故變入平、上、去調中，然周德清仍分別注出曰「入聲作平聲陽」、「入聲作上聲」、「入聲作去聲」，因周氏為江西高安人，此實受其本身方言之影響而然者，非謂當時尚有入聲之別也。

《中原音韻》又將平聲分為陰、陽兩類。元代因濁聲母之消失，遂在聲調中留下高、低之差異。凡濁聲母字皆變為陽調類，清聲母字則變為陰調類，此陰平、陽平之所以生也。

茲以圖表示中古至現代入聲韻尾之變化過程：

切韻時代	《四聲等子》	《中原音韻》	國　語
-k	-ʔ	-ø	-ø
-t			
-p	-p		

參考書目

1. 林尹，《中國聲韻學通論》，世界書局。

2. 董同龢，《中國語音史》，華岡出版部。

3. 高本漢，《中國音韻學研究》，商務。

4. 陳新雄，《古音學發微》。

5. 張世祿，《中國音韻學史》，商務。

6. 高明，《四聲等子之研究》，中華學苑第八期。

7. 謝雲飛，《切韻指掌圖與四聲等子比較研究》。

8. 王力，《漢語史稿》。

9. 劉復譯，《比較語音學概要》。

10. 趙蔭棠，《切韻指掌圖撰述年代考》，輔仁學誌四卷二期。

11. 周法高，《論切韻音》，香港中文大學學報。

12. 羅常培，《釋內外轉》，史語所集刊。

13. 趙元任，《語言問題》，商務。

14. 董同龢，《等韻門法通釋》，史語所集刊。

15. 董同龢，《語言學大綱》。

16. 董同龢，《廈門方言的音韻》，史語所集刊。

17. 張世祿，《語言學原理》，商務。

18. 杜其容，《釋內外轉名義》，史語所集刊。

19. 羅常培，《釋重輕》，史語所集刊。

20. 周祖謨，《宋代汴洛語音考》，輔仁學誌十二卷。

21. 羅常培，《唐五代西北方音》。

22. 周法高，《論古代漢語的音位》，史語所集刊。